冬瓜扯进豆棚里

周　航
毛光正⊙主编

浙江工商大学出版社

图书在版编目（CIP）数据

冬瓜扯进豆棚里 / 周航，毛光正主编．—杭州：
浙江工商大学出版社，2023.5
ISBN 978-7-5178-5461-6

Ⅰ．①冬… Ⅱ．①周… ②毛… Ⅲ．①故事—作品集
—中国—当代 Ⅳ．①I247.81

中国版本图书馆 CIP 数据核字（2023）第 065703 号

冬瓜扯进豆棚里
DONGGUA CHE JIN DOUPENG LI
周航 毛光正 主编

责任编辑	沈明珠
责任校对	何小玲
封面设计	宇　声
责任印制	包建辉
出版发行	浙江工商大学出版社
	（杭州市教工路 198 号　邮政编码 310012）
	（E-mail：zjgsupress@163.com）
	（网址：http://www.zjgsupress.com）
	电话：0571-88904980，88831806（传真）
排　版	杭州字声文化艺术有限公司
印　刷	杭州良诸印刷有限公司
开　本	880mm×1194mm　1/16
印　张	11.25
字　数	190 千
版印次	2023 年 5 月第 1 版　2023 年 5 月第 1 次印刷
书　号	ISBN 978-7-5178-5461-6
定　价	68.00 元

序

　　故事，人人读过、听过，大体包括历史故事、民间故事、童话故事、寓言故事、探案故事等。但什么是新故事，什么故事算是新故事，大多数人没弄明白，或者说没那么明白。新故事的所谓"新"，只是一个时间概念，它是传统民间故事发展到一个历史时间必然出现的一种故事样式。从我国故事发展的历程看，任何一个历史时期都会出现反映这一历史时期社会生活的新故事。《梁山伯与祝英台》、"杨家将的传说"就是当时那个历史时期的新故事。我们现在所说的新故事，就是讲述当下这个时代人与事的故事。新故事形态大体分为两种类型：一类是"口头创作的新故事"，另一类是"书面创作的新故事"。前一种类型的新故事继承和发扬了传统故事的艺术特色，又适当吸收小说、评书等体裁的优点，适合口头讲述。后一种类型的新故事较多地借鉴了小说的艺术手法，擅长浓墨彩绘，抒情真挚，描写细腻，注重人物刻画，着力于对新故事内涵和主题的开掘。

　　新时代浙江新故事的创作和讲演与时代一路同行，全省各地创作和讲演活动蓬勃开展。新故事创作沙龙队伍不断壮大，年轻作者后来居上，成为新故事创作的主力军；新故事讲演活动红红火火，广泛开展新故事进校园、进社区、进文化礼堂活动，涌现了一大批优秀新故事讲演家。

　　收入本书的45篇新故事是浙江省文化馆举办的第十六届浙江省新故事作品征文大赛的优秀作品。这些作品紧扣时代脉搏，求真求善求美，讴歌时代新人新事新风尚，呈现鲜明的时代艺术特征：一是主题上紧随时代追求深刻，二是语言上通俗上口能讲可读，三是情节上单线曲折循序渐进，四是人物塑造上以情节塑造细节。新时代社会生活较以往更宽广、更丰富，自然新故事表现的主题也需更深刻。无论时代如何变迁，新故事语言应该既有很高的讲述价值，又有很好的文学价值，使口语接近文采，又使文采接近口语，达到口语和文采的有机结合，形成一种独特的能看可讲的新故事语言，这是新故事作家努力追求的方向。悬念跌宕、震慑心魄的故事情节是一篇新故事创作成功的关键。新故事虽说情节是单线的，但它是由一个个"小奇峰"的故事群悬念长链组成的，引人入胜、惊心动魄。新故事情节的循序渐进为强化情节而用，只要无损主题表现，不脱离生活胡编乱造，能够将情节组织得越是奇峰迭出、险象环生越好。塑造人物是一切叙述性文学作品创作的核心问题，对新故事而言也同样如此。一篇优秀的新故事，不仅需要情节曲折生动，而且需要人物形象鲜明而逼真，应做到情节人物并重，且互为因果，互相促进。情节是人物塑造的重要手段，是"限制"中的"自由"；细节是丰满人物的关键所在，即通过情节的展开来塑造人物形象，调动细节来丰满人物形象。情节可立起人物的骨架，骨架上的血肉必须靠细节来完成。

新时代浙江新故事也很好地体现了"新、奇、巧、趣"的美学特征。"新"即注重题材的新颖，善于在生活中提炼新观念、新人物、新生活细节；"奇"即传奇性，因"奇"而传，"奇"并不是脱离生活的胡编乱造，而是遵循"不以平废奇""不以奇废平"的创作方法；"巧"即"巧合""巧遇"，它不但运用于情节结构上，还运用在选材上，强调事物的偶然性；"趣"即"趣味性和娱乐性"，有趣的题材，常常为新故事所选。有人将趣味性和娱乐性归于低层次，其实不然，它恰是人类所共需的。

周　航
2023 年 1 月

目 录

斗 茶

陈 宏

　　阳山镇盛产茶叶，这些年在区农业局的扶持下，"阳山茶"声名鹊起，阳山镇成了远近闻名的茶叶之乡。镇里有个产茶大户，名叫仲伟平，他除了有一手高超的炒茶技艺外，还能用细细的竹丝制作茶筅。他做的茶筅造型精美，堪称工艺品。所以，他被评为茶筅制作工艺的代表性传承人。

　　这本来是件好事，可没想到，别人一提到他，就将他和茶筅制作联系在一起，完全忽略了他制作的茶叶，这下本末倒置了。仲伟平总想着有一天自己炒茶的名气能够盖过茶筅制作的名气。

　　机会终于来了。今年开春，区农业局向产茶户发出了通知，要在镇里举办"斗茶大会"，获胜者将荣获"茶王"称号。你想想，如果能够在"斗茶大会"上夺魁，加上茶筅制作技艺，再注册个"茶王"商标，到时，仲伟平家的茶叶可要身价倍增了。

　　想法是好的，但要在这"斗茶大会"上胜出，也是千难万难。要知道同一产地的茶叶，因为土壤、阳光等自然因素，青叶的品质都差不多。况且，产茶户有上百家，炒制技艺也都是一脉相承，特别是东村的王刚和西村的张强，这两人的茶叶产量和质量与自己不相上下，自己很难脱颖而出。更要命的是，王刚和区农业局副局长秦雷是高中同学，张强更厉害，他是秦雷的表弟。

　　对于"茶王"这个头衔，仲伟平势在必得，可眼下困难重重，怎么办？仲伟平觉得，关键还是在秦雷身上。

　　秦雷在农大学的就是茶叶的种植和制作，对茶有很深的研究，这次"斗茶大会"，他是主要负责人。王刚和张强两人与秦雷关系那么铁，自己会有希望吗？

就在仲伟平忧心忡忡的时候，读小学的女儿菲菲缠着他说："爸爸，我们学校要搞茶艺表演，你帮我们做几个茶筅好不好？"

仲伟平心不在焉地应了声。也就是在那一瞬间，他突然想到，对了，重症下猛药，秦雷不是喜欢茶筅吗？那就给他送一个特殊的茶筅。当天晚上，他就在纸上画了一个稀奇古怪的图形，尺寸标注得明明白白。

第二天，仲伟平开车到金器店，摸出图纸，让金店师傅根据他的图打造了一个稀奇的玩意儿。回到家，仲伟平选了根竹子劈篾拉丝，然后用竹丝在这金器外飞快地缠绕着。到了吃晚饭的时候，金器被竹丝严丝合缝地裹在了里面，一个特殊的茶筅制作完成，他还特地在尾部编扎了根小红绳。仲伟平欣赏着自己的作品，相当满意，按他的想法，秦雷是个茶客，这茶筅一拿到手里，掂掂分量就知道里面有"花头"。这时，老婆喊吃饭，仲伟平小心地将这茶筅放进了工艺盒。

事也凑巧，第二天仲伟平就接到了秦雷的电话，问他这几天有没有空，说区农业局为了配合这次"斗茶大会"，托人设计了几个商标图案，已经发在产茶户的微信群里，想让仲伟平帮着参谋一下。仲伟平这才想起，自己已经一天没看微信了。他笑着说："秦局长，这商标图案各有各的特色，微信上也说不清楚，况且，群里人多嘴杂，不小心还会莫名其妙得罪人。要不，我现在来你办公室，怎么样？"秦雷说："好，我在办公室等你。"挂了电话，仲伟平开着车去区里，也就一个小时时间。刚进秦雷的办公室，就见秦雷笑嘻嘻地迎了出来："仲老板，这商标图案看看不起眼，但意义非凡，所以，得广泛征求大家的意见。"

落座后，秦雷给仲伟平泡了杯茶，然后迫不及待地拿出了一个文件夹，里面是各式各样配有文字解释的商标图案。仲伟平仔细地看着图案，突然，他看到了一个山峰模样的图案，这个图案比较特别，山峰的造型竟然像一个茶筅。

仲伟平选中了这个图案。他说出了自己的理由：茶筅始兴于唐，可见阳山茶的历史悠久、文化底蕴深厚。眼下茶筅技艺在其他地方已基本失传，制作技艺是一大亮点，代表阳山茶一枝独秀。一席话说得秦雷频频点头。

既然给出了意见，仲伟平就起身告辞了。他拿出那个有"花头"的茶筅，一语双关地说："秦局长，这是我自己制作的茶筅，可是千金难买的宝贝，你留着做个纪念。"秦雷笑着接过盒子说："这礼物确实是千金难求，十分感谢呀！"

礼物顺利送出，仲伟平长长地舒了口气。出区农业局大门时，他看到王刚也进了农业局，心里不禁"咯噔"了一下。回到家，仲伟平还是不放心，他摸出电话打给王刚，试探着问："王刚，我今天好像看到你去农业局了，有啥事呀？"王刚在电话中有些得意地回答："今天在区里办点事，顺便去看下秦局。你也知道，我和秦局是高中同学，住上下铺，平时当兄弟走动的。"仲伟平暗想，关系好有啥用？人家是领导，你是平头百姓，不下点"药头"，人家理你才怪。

"斗茶大会"的日子越来越近了，镇里通知参加的产茶户去抓阄以安排展位。仲伟平到时，见张强一副踌躇满志的样子站在那里，便上前说："张强，这次斗茶大会，你可以大显身手了。"

张强和仲伟平有些私交。他将仲伟平拉到边上，轻声说："老仲，昨天我去看我老表，他说，这次'斗茶大会'如果有人送礼走后门，一律取消参赛资格，你不会干这事吧！"

仲伟平忙摇头否认："没有，我和秦局平时也没往来，拎着猪头也送不进去。"

"那就好，那就好！"张强放心了。他刚转身，仲伟平心里暗笑了声："送礼一律取消资格，鬼信呀！送不进是因为'药头'不够重，人家压根没瞧上。"

阄很快抓好了，展位也很快布置妥当，"斗茶大会"如期举行。

这次"斗茶大会"的评委都是省内外知名的专家，其中还有一位院士，规格相当高。这些专家对茶进行品尝后打了分，由秦雷宣布最终评分。

秦雷上台时，所有人的心都提到了嗓子眼儿。没想到，秦雷上台没直接报出评分结果，而是对着话筒说："各位选手，在比赛前，有两名参赛人员到我这里来送礼，是谁我就不点名了，经过我们局里的讨论，取消了这两人的参赛资格，所以，本次比赛参赛五十二人，实际评分户为五十人。"

这话一出，仲伟平脑袋"嗡"了一下，完了，自己送了礼，肯定被取消参赛资格了。

这次评比除了选出一名"茶王"外，还将评出十名优秀制茶师和十名制茶工艺师。仲伟平听了一串获奖名字，都和他无缘，不觉心灰意冷，心想与其留在会场上丢人现眼，不如偷偷退场。仲伟平失魂落魄地起身打算退场，没想到，边上的人捅了他一下，提醒说："你获得'茶王'称号了，快上台领奖！"

仲伟平这才回过神来，一看，大家的眼睛都盯着自己，还拼命在拍手呢！这才如梦初醒，哈哈！自己夺得"茶王"的称号啰！

仲伟平领了奖后，这才仔细观看获奖名单，令人意外的是，王刚和张强名落孙山，两人早偷偷退场了。仲伟平亲了口奖杯，心里暗暗得意，想：送礼这事，要么不送，送就要舍得花本钱，这两个傻瓜，隔靴搔痒送鹅毛，现在弄得猪八戒照镜子里外不是人。

回到家，女儿菲菲拿着奖状开心地冲了上来："爸爸，今天你当了'茶王'，我也拿到了学校茶艺比赛第一名。"

哈哈！双喜临门呀！仲伟平开心地接过女儿的奖状。突然间，他愣住了，女儿的手上，竟然拿着那只尾部编扎着小红绳的特殊茶笂。

"菲菲，你这茶笂哪儿来的？"

菲菲歪着头回答："那天我让你帮我做个茶笂，第二天我见你放在盒子里了，就带着去了学校。"

天哪！怎么会这样呀！

"爸爸，我拿了茶笂没和你说，你不会怪我吧！"

回过神来的仲伟平抚摸着女儿的头说："爸爸不怪你，相反，爸爸还要感谢你，因为，你让爸爸明白了一个做人的道理……"

赊猪风波

周春美

范家坞的小范大名范建，实际年龄已经超过五十岁了，大家喊他名字的时候，常会和"犯贱"这词联系起来，为了避讳就叫他小范。前些年，小范一直在城里的建筑工地上做包工头，混得风生水起，可不知怎么回事，他竟然卖掉城里的房子回到了老家，说以后就待在老家做农村人。有人问他为啥？他说："城里水太深，我想回农村嘛。"

一开始大家还以为小范是开玩笑的，没想到小范夫妻俩安顿下来后，请人修了几个猪圈，还从外地运回了一公九母共十头黑土猪。这下，乡亲们真的傻眼了，这个范建还真的犯贱了，好好的老板不当回农村当猪倌。

村里有个光棍叫二狗，从不正儿八经干活，靠到处蹭饭混日子，听说小范办养猪场，就找上门来说："范老板，我来给你打工，工资无所谓，每天管三顿酒就行！"

按理，工资无所谓的工人打着灯笼也难找，可小范毫不客气地回绝说："二狗，你自己在家里养吧，我这儿不养闲人。"二狗气得鼻子冒烟，暗中将小范当成了仇人，他发誓，迟早让范建破产。

很快，九头母猪都生小猪仔了，二狗肚子里的气也莫名其妙地膨胀了，他悄悄地给乡里打了举报电话，等着看好戏。

果然，第二天，方副镇长就带着几个乡干部找上门来。二狗躲在暗处，希望听到小范哭爹喊娘的绝望声。可是，一个小时过去了，除了自己脸上被蚊子叮了好几个大包外，他依然没听到希望听到的声音。相反，他看到小范乐呵呵地送方副镇长出了门，更让他生气的是方副镇长临走时说的那句话："范老板，你这个想法很好，我们一定大力支持。"

很明显，这几个干部被范建买通了。二狗想：别人都不敢和方副镇长叫板，但我是有后台的人，我的后台就是"光棍"两字。俗话说光脚的不怕穿鞋的，自己比方副镇长硬气，要和不正之风斗争到底。于是，他急匆匆地去找村书记范强。没想到刚进村委会，就见方副镇长坐在范强的办公室里。二狗也不客气，进门就说："方副镇长，我对你们有意见！"

"二狗，你瞎说啥？"范书记瞪了二狗一眼说。

方副镇长摆了摆手，和颜悦色地对二狗说："哦？说说看，有啥意见？"

二狗一副义正词严的样子，说："范建办养猪场，不符合美丽乡村建设的格调，你们不但不叫停，还要大力支持，真的是有钱能使鬼推磨呀。我今天把话放这里，你们如果不让他关了养猪场，我就打'12345'举报你们，绝不允许你们胡作非为！"

方副镇长笑着说："二狗，打'12345'是你的权利，我无法阻止。但我要告诉你，范建办的是母猪养殖场，主要出售小猪崽，没污染，手续合法，而且他要带大家共同致富，我们有什么理由关停他的养猪场呢？"

二狗冷笑着说："你骗谁呢？范建养母猪卖猪崽是自己发财，怎么就变成带大家共同致富了呢？"

范书记见二狗一副咄咄逼人的样子，说："我把范建叫过来，让他亲口向你解释。"说着给范建打电话。

二狗鼻子里哼了声："叫来就叫来，我怕他呀？我知道范建和你是堂兄弟，但你如果袒护他，我连你一起告。"

没过多长时间，范建的车到了。他一进办公室，方副镇长就说："范老板，你把自己的想法和二狗说说。"

范建点了下头说："我的猪崽就卖给村里的人，保价回收，但为了保护环境，每户最多购买五头……"

没等他说完，二狗就打断说："现在农村不让养猪你不知道呀？"

方副镇长听了二狗的话解释说："二狗，政府去年就出台新政策了，允许村民在家适当养殖肉猪。范老板养的黑猪是我们这里的特色，老底子名气特别大，现在村里搞'一村一品'，我们打算把黑猪打造成我们村的品牌产品。"

二狗见从政策上挑不出毛病，眼珠一转，鬼主意来了，说："卖给村里的人，这不还是为了自己赚钱吗？如果是真心带大家致富，就将小猪赊给大家，等出栏了再给钱。"

"你又不养，卖和赊与你有什么关系？"范建也来气了。

"如果是赊给大家，你又比市场价高五元回收，那我也养五头。"

范建一咬牙，说："好，你的五头我可以赊给你！"

本以为事情解决了，没想到二狗依然摇头说："赊给我一个人不行，你以为我穷得连五头小猪都买不起吗？我是为全村人着想，让大家都能赊！还得签好合同，猪不出栏不得要账。"

这下，范书记看不下去了，他插话说："二狗，你过分了，如果全赊账，范建的猪场靠什么支撑运营？"

"这我不管，不赊的话，我天天写举报信玩，烦死你们！"

这不是无赖吗？范书记看了下方副镇长，正想替范建说话，没想到，范建竟然说："好吧！全部赊账，出栏归还。"

这一仗，二狗大获全胜，他出了村委会，得意地说了句："犯贱的玩意儿，和我斗，还嫩嘞！全部赊账，不赔死你才怪。"

几天后小猪崽好抓了，因为可以赊账，二狗也不怀好意地去抓了五头养起来。

小猪崽很快被村民赊完了，二狗养了没一个月，坏主意又来了。他挨家挨户煽阴风点鬼火，说养猪亏本的风险太大，范建自己不养让大家养，是将养殖风险转移给了大家，可不能让他一人占便宜。然后找到范建说："范老板，你小猪赊掉落个轻松，村里人可遭罪了。"范建觉得奇怪，问怎么回事，二狗说："村里养猪的基本是留守老人，老胳膊老腿儿的还要去割猪草，现在那么多人养，哪里还有草割，这不要他们的命吗？如果小猪养僵掉或者饿死，赊账泡汤！"

"那怎么办？"

二狗说："好办！你赊饲料。"

啥？范建以为自己听错了，自己赊小猪崽给他们，还要赊饲料，这也太得寸进尺了吧！

二狗见范建为难了，不阴不阳地说："不赊饲料，你的小猪崽钱就泡汤了，虽说签了合同，但他们都是老人，你能拿他们怎么办？"

范建听了咬着牙说："好吧，我会购买玉米、豆粕按成本价赊给大家，等出栏回购时和猪本一起扣除。"

饲料也很快赊了出去。转眼过了四个月，黑猪可以出栏了，却出现了意外情况。

原来，市场上土猪肉价格猛涨，有个外地商贩来收购生猪，每斤价格比范建的回收价高出三元左右，但范建赊小猪崽赊饲料给大家养猪，总不能为了多几块钱而将猪卖给外地人吧？所以，一圈下来，商贩一头猪也没收到。获知情况的二狗觉得发财的机会来了，他找到垂头丧气的商贩，说："你收购价再提高两块，当提成给我作为辛苦费，我帮你收猪怎么样？"

商贩问他能收到多少猪？二狗说："一个星期，我给你收五十头。"商贩说："那么长时间我等在这里怎么行？"二狗笑着说："不用等在这里，你把钱给我，一个星期后来运猪就可以了。"

商贩将头摇成了拨浪鼓，说："我和你又不熟，到时你拿钱跑了，我找谁？"

二狗说："跑得了和尚跑不了庙，我家在这里，你怕啥？"

商贩依然摇头，说："钱肯定不能给你，万一你花了，我还得找你打官司，这不是自找麻烦吗？要不这样，你先将猪赊来，给我打电话，我带钱来收购，这样大家都放心。"

二狗心里盘算了下，所谓不算不知道一算吓一跳，每头猪按二百五十斤算，每收购一头猪能拿到五百元提成，五十头猪可是二万五千元呀！

二狗一咬牙："好，你一个星期后带钱来收猪。"商贩这才留下电话号码开车走了。

商贩一走，二狗便到村民家里去赊猪，一圈下来，有好几户人家怕不卖给二狗会招惹了这个知名的无赖，加上他出的价格比范建高，也就答应了。

二狗每天打电话向商贩汇报收购数量，等他收满了五十头猪，喜滋滋给商贩打电话时，怪了，那电话怎么也打不通了。

这下，二狗急了，按商贩留下来的地址找了过去，结果根本没这个人。怎么办？他去菜市场找售卖猪肉的商贩，可人家说，生猪不能私自宰杀和出售，压根没人敢要。

天哪！这可怎么办呀？二狗急得如同热锅上的蚂蚁。当天晚上，翻来覆去的二狗好不容易才睡着，就被撕心裂肺的猪叫声吵醒，爬起来赶到猪栏边一看，糟了！这么多猪关在一起，为了争地盘，打架了，其中有几头猪还被咬得鲜血淋漓。二狗急了，跺着脚喊："别打，别打！"这些猪可不买他的账，大家挤在一起连屁股都挪不了，还跟你讲文明礼貌呀！所以，压根儿没猪理会二狗，反而越打越起劲。

二狗急眼了，拿了根棍子，开了猪栏的门打算进去好好教训一下这些不懂文明的猪。没想到，门一开，那些猪就"起义"了，争先恐后地冲了出来。二狗猝不及防，被猪撞翻在地，后面那些猪踩着二狗的身子往外跑。没一会儿工夫，二狗已经被猪踩得鼻青脸肿，躺在地上直哼哼，脑子里就一个念头："完了，今天死路一条了！"

还好，有人路过时见二狗被猪踩了，忙打电话向范书记汇报。没一会儿，范书记到了，他安排好人员去找猪，并将二狗送到村卫生室检查，还好都是皮外伤，消毒包扎后挂盐水就行。范书记一直陪在二狗的身边，趁着挂盐水的空当儿，范书记问："二狗，你家里关那么多猪干啥？"二狗哭丧着脸将经过说了。范书记埋怨说："你收猪断范建的后路是缺德，不懂国家政策是缺文化，没收定金就轻易相信别人是缺心眼儿，现在利令智昏，闯祸了吧！"

二狗低着脑袋说："范书记，我知道错了，你给我支个招，怎么渡过这个难关。"

范书记喝了口茶，闭着眼睛想了下，说："你向范建认个错，将猪卖给他，现在只有他能救你了。"

二狗哭丧着脸说："认错没问题，关键是他的回收价低，我连差价也补不起呀！"

这下，轮到范书记咬牙了，他说："明天我把他叫到办公室来，你先认错，然后我出面，差价让他承担，我相信我的面子还是值这点儿钱的。"二狗顿时感激涕零，说："那，这事儿就拜托书记了。"

第二天一早，二狗早早到了村委会。范书记打电话叫来了范建，将情况说了。二狗道歉说："范老板，我不该处处给你使绊子，我错了，你大人不记小人过，帮帮我。"

范建见二狗一脸真诚，心一软，答应了。这下，二狗愁容顿消，千谢万谢地去了。等他一走，范书记说："他的收购价比你的回收价高了那么多，你怎么不说他几句？"

范建嘿嘿一笑说："那个商贩是我故意安排的！"

啥？这下轮到书记傻眼了。等范建将来龙去脉一说，范书记哈哈笑了出来，说："你呀！真是个人精，难怪能办大事！"

原来，范建一开始就知道二狗犯了"仇富病"，处处和自己作对，现在生猪要出栏了，他怕横生事端，这才安排了个商贩来试探二狗；没想到二狗那么容易就上当了。

范建出门时，书记突然说："二狗出面赊的猪价格高，你的回收价低，你可不能让老实人吃亏呀！"

"放心吧！我老婆已经在给他们补差价了。"范建说着，信心满满地走了出去。

冬瓜扯进豆棚里

徐国民

　　这天是崇文小学新生报名的日子，也是陶锦霞从师范学院毕业来到崇文后的第一个报名季。看着那些仰着兴奋的小脸在校园里跑来跑去的孩子，她的心里也充满了阳光。这时，只听到一个声音说："老师，请问我的女儿也能报名读书吗？"陶锦霞扭头一看，见是一名年轻妇女，背着个小女孩。小女孩显得有些害羞，将一半脸藏在妈妈的背后，只露出两只乌溜溜的大眼睛，怯生生地看着陶锦霞。陶锦霞问："你女儿怎么了？"

　　那位妈妈说："我女儿的腿有残疾，在平地上还能走几步，只是上下楼梯就无能为力了，不过请你放心，我会背着她上下学的。"她似乎竭力想证明，她的女儿一定不会给学校添麻烦，因而语气上也显得有些紧张，生怕报不上名。陶锦霞笑了笑说："当然能报名了，你的女儿也和其他的孩子一样有上学读书的权利，而且你放心，我们一年级的教室都是在楼下的，即便是以后，我们也一定会想办法给她安排好的。"

　　就这样，这个名叫钟媛的女孩成了陶锦霞班里的学生。一段时间后，陶锦霞发现钟媛学习非常用功。她腿脚不便，课间不能像其他同学那样去操场上玩，但就是这短短的课间时间她也没有浪费，不是在看书，就是在做习题。陶锦霞看了有些心疼，对她说："钟媛，你也别太用功了，要注意劳逸结合。"

　　没想到钟媛却认真地说："陶老师，和王宇哥哥比，我能上学就已经很满足了，我不会不珍惜这样的机会的。"听了这话，陶锦霞的心像是被一只看不见的手揪了一下。她没想到在他们这个学区里，竟然还有没能上学的学龄儿童。通过钟媛，她了解到，原来王宇和钟媛是邻居，今年已经十岁了，但由于是一级残疾，所以至今都没有上过学。他们这个小县城里，没有特殊教育学校，所以王宇上不了学。这其实和陶锦霞一点儿关系也没有，但不知为什么，陶锦霞的心却牵挂着王宇。

终于有一天，陶锦霞走进了王宇的家门。王宇是个患有先天性脑瘫的孩子，虽然进行过康复训练，但至今生活仍不能自理，也不能走路，在智力上，也只会算十以内的加减法。更雪上加霜的是，他的母亲因不堪重负，早在几年前就离家出走了，他的父亲又要上班，所以王宇整个白天都处在无人照看的境地。陶锦霞进去时，王宇的身上，甚至整间屋子里都散发着一股异味。陶锦霞和王宇的父亲王胜文说好，以后她每周两次免费来给王宇上课，教他语文和数学。王胜文听了激动得不得了，几乎是哽咽着说："陶老师，我没别的希望，只希望我儿子将来能自己照顾自己，如果能做到这一点，那你就是我们家的大恩人。"

从此以后，陶锦霞每周两次抽出时间去给王宇上课。她还根据王宇的实际情况，专门为他编写了教材。而王胜文这边呢，一位年轻漂亮的女教师来家里给儿子上课，家里却乱七八糟的，还有股异味，他脸上又怎么挂得住，于是也变得勤快起来。陶锦霞再去上课时，发觉这个家变整洁了，王宇的身上也变得干干净净，没有什么异味了。王胜文有个妹妹，同情哥哥家只有两个男人，其中一个还是残疾人，不定期地就会过来一趟帮着搞卫生，可是这一次她却发现，哥哥原先那个像废品站一样的家，还有侄子的身上，都变得焕然一新，根本就不需要她清理了。她感到很奇怪，一打听，才知道有一个年轻漂亮的女人经常到哥哥的家里来，于是她就误以为哥哥有了相好的女人，而家里的变化，肯定是那个女人的杰作。做哥哥的有这种好事，当妹妹的当然高兴，她就把这一"喜讯"传播给了所有的亲朋好友。没过多久，很多人都知道王胜文又有了新欢，而且还是个年轻漂亮的女人。这话不久便传到了王胜文的耳朵里，这一下可把他吓得不轻。经过陶老师的努力，儿子已经有了不小的进步，如果陶老师听到了这种话，那她还会来吗？如果不来，那儿子的学习不是前功尽弃了吗？他顺藤摸瓜，很快就找到了谣言的源头，赶去对妹妹说："你在胡说什么呢，陶老师是来给小宇上课的，你传播这种谣言，要是把她吓跑了，我和你没完。"王胜文的妹妹这才知道，自己把冬瓜扯进了豆棚里，赶紧到处去辟谣。但谣言这东西，传出去容易，要想收回来却难上加难，很多人还是认为，经常去王家的那个年轻漂亮的姑娘就是王胜文的新欢，至于他的极力否认，也不过是此地无银三百两罢了。因此，王胜文怕这个谣言对陶锦霞造成伤害，常常感到很不安。

一天晚上，陶锦霞给王宇上完课，王胜文送她出来，在单元门口被一个高个子青年堵住了。陶锦霞一愣，似乎有些意外，随即便向王胜文介绍说："这是我的男朋友。"

高个子青年说："锦霞，我送你回家吧。"于是陶锦霞就跟着他走了。但是王胜文却留意到，陶锦霞的男朋友虽然说要送她回家，脸色却很难看，冷得像是能刮下一层霜来。他不放心，就悄悄地跟在了后面。走出一段路后，果然听那男朋友冷冷地说："刚才那个男的就是传说中的那个男人吗？"

陶锦霞说："什么传说中的男人？"

男朋友说："大家都在传，说你看上了一个有孩子的中年男人，还老是主动往他家里跑，难道你没听说吗？"

陶锦霞说："哦，早就听说了，我是去给孩子上课的，别人要怎么说我不在乎。"

男朋友有些气急地说："可是我在乎。我的女朋友老是往别的男人家里跑，我都感到丢脸。"然后他们就吵了起来，最后不欢而散、分道扬镳。王胜文目睹了这一过程，心里感到非常歉疚。他最担心的就是对陶锦霞造成伤害，结果还真造成了伤害。他觉得不能再这么下去了。

当陶锦霞又一次去给王宇上课时，就被王胜文挡在了门外。王胜文说："陶老师，请你以后别来了，我们也不想再麻烦你。"听了他的话，陶锦霞似乎很生气，大声说："我不管你听到了什么，但课我是一定要上的，你无权剥夺一个孩子受教育的权利。"屋里的王宇也听到了他们的对话，急得哭喊道："爸，你为什么不让陶老师进来？我要陶老师给我上课。"这一哭一闹，惊动了邻居，有人已经开门出来看了。王胜文怕这样下去影响更不好，只得让陶锦霞进了门继续上课。

又过了几天，王胜文旁敲侧击地打听了一下，得知陶锦霞已经和她的男朋友分手，更觉得歉疚和苦恼了。这时，妹妹给他出主意，让他去婚介所找个老婆，这样不光他们父子二人的生活有了人操持，陶锦霞也不用再背黑锅，或许还会和她的男朋友重归于好。王胜文觉得这个主意不错，就走进了婚介所，这时他才清楚地知道，他这样一个带着残疾儿子的单身男人想要再婚，简直就是异想天开，别说是见面了解了，人家一看他的资料便掉头而去，根本不给他一点机会。王胜文万念俱灰，想到自己一辈子都将这么孤单落魄地度过，儿子又有残疾，即使养大了也不会有什么指望，于是产生了悲观失望的厌世情绪。他还觉得，如果没有他们，陶老师就不用这么辛辛苦苦地来给王宇上课，也不会被人误解了。

王胜文决定一死了之。他买来一瓶农药,一口气喝了半瓶,余下的给王宇灌了下去。农药很难喝,王宇又哭又叫,惊动了隔壁钟媛的父母,他们赶紧过来看看究竟发生了什么事。刚一到王家门口,他们就闻到了一股浓烈的农药味,便知情况不妙,赶紧叫人强行开了门,把王家父子送到了医院。幸亏抢救及时,王家父子都脱离了危险。

发生了这种差点儿出人命的事,民警自然就赶来了,这是他们的职责。记者也赶来了,他们认为这里面有新闻可挖。结果一了解,这并不是什么刑事案件,民警就撤走了。记者倒是挖到了新闻,他们赶到崇文小学,向校长说明了情况,提出要采访陶锦霞。校长把陶锦霞请到校长室。陶锦霞听说王家父子喝了农药,顿时吓得花容失色,惊慌地说:"我去给王宇上课,只是觉得作为一名教师,我有这个责任,没想到会发生这样的事。"

校长说:"这是我的失职,不能怪你。让每个孩子都受到教育,是我们教育工作者应该守住的底线。谢谢你的身体力行,也谢谢你给我上了一课,以后去给王宇上课的事就由学校统一组织安排。"

再说王家父子,大难不死竟然因祸得福。原来在他们住院期间,照顾他们的护工是一名大姐,等他们基本康复后,王胜文要给大姐开工资,大姐却说:"你不用给我钱了。你如果不嫌弃,就要了我的人吧。"

王胜文简直不敢相信自己的耳朵,他吃惊地说:"我们这样一个家庭,你也愿加入进来?"

大姐说:"你宁愿死都不肯连累别人,这么好心肠的男人,嫁了你还怕得不到幸福吗?"

甜蜜的圈套

王　冠

　　姚韵是医学院护理专业的大三学生，全院公认的校花之一，有好几个大四、大五的学长想追她，但她从未对任何一个人假以辞色。她唯一的好友就是同班也是同寝室的徐婉怡，如果有人看到姚韵和一个人单独待在一起半个小时以上，那这个人必定就是徐婉怡。有时候，徐婉怡也会开玩笑地对她说："姚韵，你这么漂亮，却将那些优秀的学长拒之于千里之外，那不是在浪费优质资源吗？"

　　姚韵说："那不叫浪费资源，那叫学会保护自己。我妈说，大学生的心智还不是十分成熟，只有经历过社会的磨炼，才能认清谁才是真正适合自己的男人。"姚韵是在一个单亲家庭长大的。她妈在读大学时坠入爱河，而且有了她，可是等到大学毕业，她的父亲便像黄鹤一样一去不返，杳无音信了。

　　有一天，徐婉怡告诉姚韵，市里即将举办国际马拉松赛，正在招募医护志愿者，她想去报名。明年就要毕业了，在大学的最后半个多学期里，她想做点儿有意义的事，为大学生涯多留下一点儿值得回忆的纪念。姚韵也立刻被徐婉怡的想法打动了，于是她们就一起去报名做马拉松赛的医护志愿者。本市的马拉松赛是在12月下旬的一个星期日开跑的。早上9点鸣枪，8点开始沿途就进行了交通管制，各方人员也都到位了。医护志愿者统一穿着专用的红马甲，背着蓝色的装着急救药物的急救袋，沿途每三百米配备一名。姚韵被安排在离起点不到五千米的地方。跑马拉松是项对身体要求很高的运动，一般来说，离终点越近，越容易出现伤病，前半程就要好得多，尤其是五千米到十千米之间，由于选手无论是身体还是精神状态都还饱满，所以一般不会出什么问题。或许是因为姚韵她们还是医学院的学生，主办方就给她们安排了比较轻松的位置。

　　尽管如此，姚韵还是全神贯注地时刻准备履行自己的职责。就这样也不知过了多久，只听到有人在喊："来了来了。"姚韵放眼望去，便看到几名选手打头跑了过来。一两分钟后，大部队到了，一批一批的，有的几十人，有的上百人，就像海浪似的一波一波地向前涌来。就在这时，一名选手突然踉跄几步倒了下去，正好倒在姚韵的面前。姚韵发现有了情况，浑身的弦立刻就绷紧了。她毫不犹豫地冲了过去，见那人紧闭双眼呈昏迷状态。这时旁边又有几个人围了上来，不知是谁说了一句："快做人工呼吸。"姚韵听了感觉有点为难，做人工呼吸是要嘴对着嘴的，昏倒的是个年轻男子，而自己是个思想保守的女孩子，别说是做了，就是想想都让她脸红心跳。可是这种想法也不过是持续了一瞬间的工夫，她猛然意识到了自己的职责，便毅然地伏下身去，准备做人工呼吸。当她和那昏倒男子的嘴唇相距尚有半尺时，那男子突然睁开了眼睛。他迷惘地看着伏在他身边的姚韵说："我怎么会躺在这里？"

　　姚韵松了一口气说："你刚才昏倒了。我是医护志愿者，正在对你进行救治呢。"

　　男子说："我身体很好的，怎么会昏倒呢？"他爬了起来，活动了一下手脚，说："你看，这不是很好吗？我还得继续跑呢，再见！"他又汇入人潮往前跑去。姚韵看着他的背影有点发蒙，刚才发生的事就像电影中的镜头一样在她的脑中一闪而过，她甚至都没看清那个男子的长相。

　　可是姚韵却怎么也没想到，因为这件事，她上报纸了。第二天的快报在一篇有关马拉松的报道中，有这样一段话："……在距起点不到五千米处，有一位男选手突然晕倒了，这时，就在旁边的医护志愿者马上冲了过去，用精湛而又熟练的技艺对选手进行急救，很快就使选手恢复了健康，重新进入了赛程。据了解，这位志愿者是医学院护理专业的一名大三学生……"姚韵心想，这做记者的也真是神通广大，对当时的情形不光好像在旁边看着一样，而且连她的身份都查得这么清楚。

　　又过了几天，傍晚时分，姚韵和徐婉怡一起从教学楼里出来，忽然有个男子跑到她们面前，对姚韵说："你好！请问你就是马拉松赛上救人的那位小姐，对吧？"姚韵一愣，见是个陌生人，本想否认的，谁知徐婉怡却抢着说："是的是的，她叫姚韵，快报上登的那位救人的学生就是她。"

　　既然徐婉怡都代她承认了，姚韵只得说："请问你找我有什么事？"

　　男子说："姚小姐你好！我终于找到你了，我叫李昶焱，是专程来向你道谢的。"

　　姚韵说："道谢？……"

李昶焱说："是啊，我就是你救的那个人啊，那天可能是呼吸没调匀岔气了吧，一下就晕了过去，如果不是你，我可能这辈子就醒不过来了。"姚韵这才依稀认出，这个李昶焱好像就是在马拉松赛上晕倒的那个人。她真没想到，那天自己只不过是做了一些简单的急救，却闹出了这么大的动静，先是上了报，接着人家又登门道谢，但她真不觉得自己应该得到这样的待遇，就想敷衍李昶焱几句，然后将这件事翻篇。可是还没等她开口，李昶焱又说："为了感谢姚小姐的救命之恩，我诚挚地邀请姚小姐吃顿便饭，希望你能屈尊赏光。"

吃饭？那怎么可以！说实话，长这么大，她还没有和男人单独吃过饭呢。她正想拒绝，谁知徐婉怡却又抢着说："好啊李先生，我代表姚小姐接受你的邀请。"

"婉怡！"姚韵责怪地叫了起来。徐婉怡说："姚韵，救命之恩毕竟不是小事，人家诚意相邀，你总不能一点面子都不给吧。"

姚韵说："要去你去。"

李昶焱说："这位小姐我当然也一起邀请了，这样你们互相也有个伴。"姚韵见他同时也邀请了徐婉怡，再说徐婉怡刚才的话也没错，人家或许真的只是想表示一下谢意，自己如果一味拒绝，显得有些不近情理，于是就和徐婉怡一起跟着李昶焱就近选了一家餐馆。点好菜后三人聊了起来。一开始姚韵还有些拘束，徐婉怡和李昶焱聊得热络，自己基本上只是一个旁听者，但渐渐地她发现，他们聊的都是很轻松的话题，李昶焱谈的都是很家常却又让人感兴趣的大实话，这才知道，和男人一起吃饭聊天，也可以如此随意愉快，于是也兴致勃勃地加入了话题。过了不久，点的菜一盘一盘地上来了，这时徐婉怡突然惊叫起来："哎呀，不好，我舅舅生病住院，说好了我放学后要去医院换我表妹回家吃饭的，我怎么就忘了呢。不好意思，我先走一步，姚韵，你陪陪李先生吧。"她急匆匆地起身就走。姚韵发现只剩自己独自面对李昶焱，感到有些心慌，也想着要逃走，但人家已经点了一大桌菜，她也不好意思一走了之。但奇怪的是，虽然他们还是聊着同样的话题，但徐婉怡一走，姚韵就觉得氛围变得不一样了，心里又莫名其妙地产生了一种戒备。这顿饭快吃完时，李昶焱说："姚小姐，我把我的手机号给你，以后有事你可以联系我。"

姚韵一惊，说："交换电话号码？我……我还是个学生呢。"

李昶焱笑了笑说："姚小姐误会了，我只是把我的电话号码给你，如果姚小姐有用得着我的地方，可打我电话，给我一个报答的机会。当然你也可以不打，我也不会冒失地向姚小姐索要电话号码。"姚韵见他这么说，也就记下了他的手机号。这之后就放寒假了。姚韵的家在本省的一座小城市，她回去过了年，开学回校就开始写毕业论文，接着又开始找工作，忙得不亦乐乎，手机里虽然还存着李昶焱的号码，却从来没想过要拨打。而李昶焱果然也没有再来找过她。

可事情好像注定不会就此完结。本地有一所医院，是一家著名的IT公司投资，待遇比公立医院好很多，许多公立医院的医护人员都想跳槽到这家医院。此次这家医院要在应届毕业生中招聘三十名护士。这对姚韵来说，无疑是个令人振奋的好消息。姚韵和徐婉怡都是同届中比较优秀的学生，照理说这次被聘的希望应该都很大，可是招聘规章中有这么一条，要求应聘者在本市有长期稳定的住所，这就像一盆冷水一样浇灭了姚韵的满腔热情。徐婉怡自然是想和她最好的朋友一起共事的，就给姚韵出主意说："你可以挂靠在某个朋友家里的啊，你想想，有哪个朋友是值得信任的？"一句话提醒了姚韵，但姚韵平时就不善交际，几乎没什么朋友，只有同学，家在本市的同学又都想进那所医院，不可能再让她挂靠。想来想去，姚韵突然想到了李昶焱，就把他的电话从手机里翻出来，并给他打了电话，心里却一点儿底都没有。可是没想到李昶焱答应得非常爽快，而且跑上跑下，几乎是以一己之力将姚韵这件事给办妥了。而像姚韵这种情感生活几乎空白的女孩子，一旦感受到了人情的温暖，坠入爱河也就是顺理成章的事了。

这天，姚韵在李昶焱家里翻看一本相册，忽然看到里面有徐婉怡的相片，疑惑地说："你怎么有婉怡的相片，你们以前就认识？"

李昶焱说："哦，她是我表妹。"原来徐婉怡发现姚韵因受家庭的影响，思想封闭保守，觉得这种思想不适合现代社会，怕她以后走上社会会吃亏，想帮她走出阴影。而李昶焱有一次无意中见到姚韵后，也对她一见钟情，于是表兄妹两人就策划了一系列行动追求姚韵。姚韵想到李昶焱在马拉松赛中的突然晕倒，到报纸的报道，再到答谢晚餐，终于明白自己是一步步地陷入了一个"圈套"，却是一个温柔甜蜜的"圈套"。

顺 序

叶梦飞

　　原县一中 2002 届（1）班的同学会在全市最高建筑——二十五层的金城大酒店的顶层餐厅里举行。原县一中就是现在的市一中，一直都是这里的重点中学。学而优则仕，因而这个班的成功人士也不少，总共四十多个同学，其中就有三个局长、一个镇长，还有八个科长。大凡同学会，发展到后来，基本上都是同一种模式，那就是成功的同学志得意满，心安理得地接受其他同学的羡慕和恭维。这一次也不例外，最风光的仍然是现任市工商局局长刘云峰。刘云峰之所以能成为班里的"头牌"，不仅是因为工商局局长是个要职，而且据说要不是最近市委王书记出了事，他很可能已经升任为副市长了。不过这一次同学会和以往几次也有些不同，那就是来了个新人许子墨。其实这许子墨只能算是半个同学，在念完初中以后，因为他父亲被派去支援内地建设，他就跟着离开了。但既然有新人出现，那可是增加新鲜乐趣的好机会，刘云峰自然也不会放过这样的机会，他开玩笑说："许子墨，如今在哪里高就啊？你当年偷橡皮的事可是搞得我们满班风雨。"

　　提起这桩往事，许子墨若无其事地淡淡一笑，而闵秋月的心却仿佛被一只无形的手轻轻地揪了一下。原来当时的班主任老师或许是出于维护课堂纪律的考虑，在安排座位时进行了男女搭配，也就是全都由一男一女做同桌。而闵秋月当时希望的是能和刘云峰同桌。刘云峰人长得帅气，成绩又好，是很多女生心中的白马王子。为此，她还隐约地向班主任老师透露过这种意思。谁知事与愿违，班主任却安排了她与许子墨做同桌。许子墨其貌不扬，而且还是个调皮大王。闵秋月心中不爽，竟迁怒到了许子墨的身上。有一次，她趁人不注意，把一个同学的一块橡皮悄悄地放在了许子墨的课桌里。那个同学在自习课时发现橡皮不见了就叫了起来，同学们也开始纷纷猜测是谁偷了橡皮。班主任老师处理这种事很有经验，当时就说："以同学们现在的家庭条件，没有人会贪小到去偷一块橡皮，一定是有人拿错了，或者是借用后暂时忘了归还。请同学们检查一下自己的课桌，发现橡皮就还给那位同学。"结果可想而知，自然是许子墨从自己的课桌里把橡皮拿了出来。事情过去后，同学们也都相信许子墨绝不会去偷一块橡皮，只不过有时会借机和他开开玩笑，就比如今天刘云峰又提起偷橡皮的事，其实也就是一种调侃。可是闵秋月却发现许子墨当时意味深长地看了她一眼。看来他其实心里明白，那块橡皮是她放到他的课桌里去的，但他却没有声张，默默地把这个"锅"背了下来。所以闵秋月对许子墨除了恼怒，也一直带有一丝淡淡的愧疚。

这时，刘云峰又有了新的点子。他拍了拍手，让大家安静，然后说："同学们，大家一定记得，初中的时候，我们都是男女做同桌，大家互相帮助、取长补短，都建立了一定的友谊。我建议，原来的同桌都来个拥抱，重温一下当年青葱岁月的美好时光。"这个建议有新鲜感，同学们的情绪立刻就高涨了起来，显然大多数同学都是赞成的。刘云峰率先以身作则，与当年的同桌来了一个大大的拥抱。那名女生当年也是刘云峰的仰慕者之一，虽然如今孩子都已经上初中了，但仍然兴奋得满脸通红。同学就是这样，彼此都怀着纯洁的友谊，虽然各自都已有了家庭，但拥抱起来却都是自然大方、心无杂念。当然也有极个别思想猥琐的男生，趁这个机会占点儿女生的便宜，造成了一些不愉快，也令人不齿。

轮到闵秋月时，她感到有些为难。说实话，如果她当年的同桌是刘云峰，她也会像刚才那名女生一样，兴奋得满脸通红，可她一直都不喜欢许子墨，和许子墨的整个同桌期关系也一直都是别别扭扭的，虽然现在早已是今非昔比，但她还是觉得接受不了和他来个拥抱。

这时，同学们开始起哄了，都催着她赶紧去拥抱许子墨。看到她那窘迫得不知所措的表情，许子墨站起来高声说："同学们，不好意思，我是今天刚从外地过来的，还没来得及洗澡，身上都很臭了，这样又怎么能委屈我们漂亮的女神呢？拥抱就免了吧。为此，我甘愿自罚三杯。"他自斟了三杯酒，豪爽地一一饮尽。这一来，同学们就不好意思再揪住闵秋月不放了，何况后面还有很多同学在等着呢。

由于同学会是在位于二十五层的顶楼举行的，同学们又都沉浸在热烈兴奋的游戏之中，所以没人知道此时的楼下已经是人声鼎沸。最后还是许子墨注意到了窗外飘上来的黑烟，提醒大家说："同学们安静一下，下面好像出事了。"同学们纷纷涌到窗前，这才发现，外面早已是浓烟滚滚，楼外的街道上也已密密麻麻地挤满了人，还不时传来一阵阵惊呼声。

意识到了危险后，有几个机灵的同学就奔向了电梯间，却发现，电梯已经停运，提示下行的按钮怎么按都没反应。惊慌的情绪瞬间在同学们之间弥漫了开来，大家似乎都突然想到了家。有人想到家里还有什么人在等着他，也有人想到家里还有什么事要等着自己去做。闵秋月的婆婆还在生病住院，她本来想开完同学会就去医院看望的，现在好像一刻都等不及了，却又走不了。而要命的是，他们只知道发生了火灾，却不知道灾情有多严重，他们是否还能活着离开，这更增强了心中的恐惧。就在这时，酒店的姚经理赶来了，他对刘云峰说："刘局长，三楼的KTV因旋转灯爆炸引发了火灾，火势较大，现在电梯都已自动关闭。"担忧变成了严峻的现实，大家这才知道，自己已经身处险境，场面差点失控。刘云峰焦急地问："那我们怎么办？"

姚经理说："刘局长别急，大楼的西北角还有一台应急电梯可以运行，我就是乘那台电梯上来的。不过那台电梯很小，一次只能乘四个人，所以我想请刘局长和另外两位局长与一位镇长先下去，再将其他人逐步撤离。您看怎么样？"刘云峰还没来得及表态，许子墨就抢着说："不行，顺序不能这样排，应该让普通群众先撤，党员在后面，最后才是党员干部。"

姚经理看了许子墨一眼，问刘云峰："他是什么人？"

许子墨自己回答说："我是新来的市委书记。"此话一出，所有人都大吃了一惊，甚至暂时忘记了身临险境的恐慌。同学们怎么也没想到，一别二十多载，许子墨竟早已不是当年的吴下阿蒙了。而此时的许子墨就像是一位在战场上指挥若定的将军，掏出手机拨了个号码，接通后说："周市长，我是许子墨。金城大酒店发生火灾……对对，我就在现场……你让消防支队的负责人尽快和我联系。"打完电话，他又转过身来说，"同学们，我知道你们是最棒的。现在我提议，是党员的都往后退一步。"同学们原来都已挤在一起，听了他的话，很快就分出了两个阵营，这个班不愧是重点中学的，党员人数竟然超过一半。许子墨见党员们都没忘了自己的身份和责任，在危急时刻都能将逃生的机会先让给普通群众，脸上不由露出了一丝欣慰。

姚经理似乎也被这一幕所感染，对许子墨说："许书记，刚才是我错了。我也是共产党员。我会负责安排大家撤离，我自己也会留到最后的。"于是同学们每四个人一组，开始按照先群众后党员，最后才是党员干部的顺序有条不紊地撤离。闵秋月是被安排在第一组撤离的。她知道如果没有许子墨在关键时刻的果断决策，没有那些党员同学的高风亮节，大家都争先恐后地抢着逃命，那么她这个弱女子不知何时才能脱离险境。想到这里，她激动地冲过去对许子墨说："许子墨同学，现在我能拥抱你吗？"没等许子墨回答，她就一下子紧紧地把他抱住，哽咽着说："好同学，你是我们班最大的骄傲。谢谢你！谢谢党员同志……"

格长算是几品官

徐永革

青山村有个党支部委员名叫林阿根，这段时间又升官了。升什么官？喏！他当格长了！要命的，从来没听说过这个格长是个什么官。其实，镇政府在实行社会治理大联动后推出了一个网络管理体系，从镇到村实行网络化管理。这体系是联系和沟通群众的一个网络平台，而这个格长，实际上是个处理具体事务的网络格长，就好像是一户人家的老娘舅。

虽然格长是个虚职，但是林阿根却忙得像个陀螺，鸡叫出门，狗叫进门。那日，林阿根一回到家就捣鼓着手机，老婆阿香一进门，他忙将手机往口袋里一藏，说村里有事就急匆匆走了。阿香纳闷了，这不刚进门，怎么又有事了？不对，林阿根这个死鬼，这段时间回家就捣鼓手机，莫不是起了啥花花心思？想到这里，阿香多了个心眼儿，偷偷跟着去一探究竟。

怪了，村委会办公室在村东头，这林阿根怎么往村西头走，犯了方向性错误。阿香没惊动自己的老公，蹑手蹑脚地跟在后面，这一跟竟然跟到了上村阿苟的家门口。上村是拆迁安置村，这里的村民都是东拼西凑出来的"杂牌军"。这个阿苟平时游手好闲，他被安置在这里后，看什么都不顺眼，成了人见人厌的"烟柴头"。

阿香心里"咯噔"了一下，肯定是那个阿苟又惹了什么奇葩事，自己老公处理纠纷来了。但是，这阿苟可是见肉就叮的吸血蚂蟥，自己的老公能处理好吗？她越想越不放心，凑了上去看热闹。

阿苟家门口聚了几个浇水泥路的工人。原来，村里浇水泥路，到阿苟家门口时，他私自将避水沟用水泥板盖了，一定要施工队将路连水泥板都浇了，还说这些地方都是他的私有地，浇了水泥要给他赔偿。他这纯粹是无赖行为，对方不答应，便起了争执。

见林阿根来了，施工方好像见到了救命稻草，"阿根，你是村领导，这事如果处理不好，这活儿我们没法儿干了。"

林阿根仔细地查看了避水沟，对阿苟说："阿苟，这避水沟怎么能算你的私有地呢？"

阿苟脖子一歪，振振有词："这避水沟上的水泥板是我的，这地方当然是我的。再说了，这里浇了，地方宽了，以后我可以停汽车，我这是在帮你们解决村里的停车问题。"

林阿根劝他说："阿苟呀，做人要讲道理，如果和你一样，每户人家都将避水沟用水泥板盖了，那所有地方都可以停车子了。"

"别人我管不着，我就管我自己。今天不给我浇，把这儿当我的私有地给我补偿款，你们今天就别想继续施工。"

林阿根还想劝他，阿苟脖子一梗、眼珠一白："你算老几，在这里老三老四。"

边上人插话说："他是村干部、网格长。"

阿苟说："狗屁，网格长算是几品官？多少钱一个月？滚滚滚。"

眼见和这无赖说不清楚，阿香暗暗为自己的老公担心，她假装有事，上前说："阿根，家里来客人了。"

林阿根知道老婆的心思，也不说破，笑了下说："你先回去，我马上回。"说着，林阿根也不管骂骂咧咧的阿苟，摸出手机捣鼓着。

没几分钟，路上开来了辆电瓶车，车上人下来就对着阿苟吼："你个不争气的玩意儿，刚住到这里就闹事儿，你不要脸，我还要脸。"

阿苟朝来人一看，顿时吓得脸色铁青，缩在边上不响了。你道那人是谁？喏，是上村的老书记，也是阿苟的舅舅。这阿苟从小爹妈死得早，靠舅舅抚养长大，平时天不怕地不怕的，可见到舅舅就像老鼠见了猫。

老书记放好电瓶车，走到水泥板前，不管三七二十一，"呼啦"一下掀掉了水泥板，然后一声吼："你们施工，我倒要看看这兔崽子还有什么理由拦着。"

阿苟见舅舅恼了，忙赔笑道："舅舅，你可千万别生气，你要是不同意，打个电话来就可以，何必那么远跑来，还生那么大的气呢？"

事情就这样轻而易举地解决了，林阿根这才招呼老婆回家。路上，阿香问老公："阿苟的舅舅怎么会知道这事儿，他怎么不帮外甥帮你们呢？"

林阿根笑笑回答："我刚才将这事发给了他舅舅，他舅舅看到就赶来了，要说他舅舅怎么不帮外甥帮我们，我告诉你，他是帮理不帮亲！"

过了几天，林阿根正在村里上班，清洁员阿三和河道清洁工老李气呼呼走了进来，将工具一扔说："阿根，这清洁工的活没法干了，你另外找人吧！"

"怎么回事，干得好好的怎么都撂挑子了呀？"林阿根问。

两人这才气呼呼地说出了原因。

原来，村里有个老王阿嫂，她有个坏习惯，每天将家中的垃圾直接扫到大路上。家边上就有垃圾箱，可她偏偏不用。阿三前面扫过去，后面这老王阿嫂就在路上倒垃圾。阿三去找她理论，没想到，那老王阿嫂竟气呼呼地拿了一袋垃圾，说："路上不让倒，那我倒河塘里。"说着，将那袋垃圾丢进了池塘。这下老李不干了，他刚刚将池塘清理干净，这莫名其妙被老王阿嫂丢了袋垃圾，又要重新清理了。他们和老王阿嫂讲道理，可她认死理，说从古到今，垃圾不是倒在路上就是倒在河塘里的，倒在家门口的垃圾箱，臭烘烘的不说，夏天还招蚊子苍蝇。两人这才找到了村里。

林阿根好歹劝住了两人，马上放下手中的工作去找老王阿嫂。

怪了，到了老王阿嫂家，门锁着，没人，门口根本没垃圾乱倒的迹象呀！林阿根又转到池塘边，也是干干净净的。

第二天一早，林阿根打算去上班，见阿香拿了扫把跟了出来，说你去村委会，顺便带我去老王阿嫂家。林阿根觉得奇怪，问为什么，阿香说："老王阿嫂习惯将垃圾直接扫到门口，弄得人家有意见了，我去帮她扫一下，也用不了多长时间。"

"那……昨天老王阿嫂家门口的垃圾也是你扫的？"

"是呀！昨天清洁工和老王阿嫂为垃圾的事吵架，和老王阿嫂讲道理她一下子接受不了，我干脆自己去扫了，也就两分钟的事。"

林阿根听了这话可是好一阵感动，多通情达理的老婆呀！他招呼阿香上了车，将她带到了老王阿嫂家门口，一看，咦，一点儿垃圾也没有，难道是清洁工提前来清理了？正纳闷着，老王阿嫂提着个塑料袋走了出来，见阿香拿着扫把站在门口，脸一红说："阿香呀！其实，我是对清洁工阿三和老李有点儿小意见，故意刁难他们一下的。昨天你来帮我扫垃圾，我心里内疚着呢，所以，今天的垃圾，我全倒在垃圾箱里了。"说着，老王阿嫂自顾自走了。

林阿根夫妻二人对视着，良久，阿香问："老公，你当这个无职无品的网格长，觉得值不值呀？"

林阿根哈哈一笑说："值，网格长虽然无职无品，但他是老百姓的娘舅，处理杂事的娘舅多了，社会就更和谐啰！"

茶　魁

杨君军

楚丽红刚三十出头，貌美如花，在上海开茶叶公司十几年了，同行私下给她起了个绰号叫"茶魁"。

近几年，在上海经营茶叶的商家总要在清明前后拿出自己最得意的茶叶一起品尝，然后评出茶魁。谁夺得茶魁，其他茶商就要不遗余力地推销这款好茶。

前年的斗茶大赛中，楚丽红拿出自己精心制作的"滴水香"，凭着香味浓郁和好喝不贵的特点，一举夺魁。她"茶魁"的绰号也传得更响了。

去年因为新冠疫情，斗茶大赛停了一年。

今年清明前夕，几个大茶商早就备好了参赛好茶，可是待在箬岭村老家的楚丽红却说，自己今年最好的茶叶还没做出来，让他们耐心等待半个月。

几个茶商说，半个月后的鲜叶只能制作炒青了，拿什么跟他们比？

楚丽红却胸有成竹地说："到时候一定让你们大吃一惊！"

转眼半个多月过去，楚丽红才开着小车，带了几箱新制的好茶回到上海。

当晚，五大茶商齐聚林老板的得意茶楼。

林老板这回下血本了，竟然拿出一盒"百年老茶树"大红袍，接着拿出早已备好的茶具，用铜壶把山泉水烧开，然后又是煮杯、洗茶，最后才用九十五摄氏度的开水在心爱的紫砂壶中沏上一壶，盖上壶盖，每过两分钟，又往壶身浇一次沸水，三次过后才把带着浓浓茶香的茶液小心翼翼地倒入五只温热的紫砂杯中。

大家端起紫砂杯凑在唇边，用鼻子深深吸了一口气，便闻到了淡淡的兰花香，呷上一口，顿觉口舌生香、茶味醇厚，回味还带着一丝丝的甜。不容置疑，这绝对是大红袍中的极品。

楚丽红毫不犹豫地给林老板的大红袍打了九十九分，其他几位老板也打了九十九、九十八不等的高分。看来，今年的"茶魁"非林老板莫属了。

接下来，大家又先后品尝了徐老板的西湖龙井、李老板的洞庭碧螺春，然后认真打出了分数。

可当程老板打开茶盒时，楚丽红忍不住说："撞茶了。"

原来，程老板和楚丽红带来的茶产地都属天目山麓，气候光照都差不多，不同的是，程老板的是闻名遐迩的云雾茶，而楚丽红的是余杭径山的径山茶。

评比结果马上出来了：林老板的"百年老茶树"大红袍以四百九十五的总分高居榜首，浙江徐老板排名第二，江苏李老板、程老板并列第三，楚丽红总分只有四百八十七，倒数第一。

几名大茶商委婉解释，楚丽红的径山茶虽然品质不输程老板的云雾茶，但没啥名气，所以只打了九十七分。

楚丽红微微一笑，说："大家的打分我没有异议，但我有一个请求，我给你们一人一斤径山茶，接下来的一个月，你们只喝这茶行不？"

几名老板同问何故，楚丽红神秘一笑，说："只要照我说的做，一月之后我保证你们都会给我的径山茶加两分。到时我就跟林老板并列第一了。"

听她把话说得这么满，程老板不服气地说："我承认你的径山茶不比我的云雾茶差，但想与林老板并列第一，简直是痴心妄想。"

楚丽红微微一笑，说："只要你坚持喝上一个月，我保证让你心服口服，还有一服，到时你会情不自禁说出来。"

话说到这份上，几名老板也不好多言，答应喝一个月径山茶，到时候再见分晓。

一转眼，一个月过去了。这天晚上，五大茶商再次齐聚林老板的得意茶楼。林老板亲自给大家沏了一壶茶，等他们品味后，问这是什么茶。

楚丽红笑而不答。其他几名老板异口同声道："都喝一个月了，当然是楚丽红的径山茶了。"

林老板又问这回打多少分，程老板向楚丽红竖起大拇指道："我摸着自己的胃，表示心服口服，同意你与林大哥并列第一。"

另外三个老板也随声附和，说喝了一个月楚丽红的径山茶，他们的胃病基本好了。所以不但心服口服，而且胃更舒服！

接下来，大家又问楚丽红是不是往茶叶里添加了养胃的中草药，楚丽红矢口否认，说这可是纯天然的径山茶。

大家都不相信，说径山茶虽养胃，但绝对没有这种效果。他们非让楚丽红说出其中奥妙，不然可不敢大力推销这种养胃效果显著的径山茶。

楚丽红神秘一笑，说："要想知道其中奥妙，还得请几位老板跟我去箬岭古道走一遭。"

三天后，五大茶商同赴箬岭村，楚丽红带他们翻山越岭，来到了一片面积二百余亩的茶园。茶园里有几百棵落叶树，地里铺满了"8"字形的长柄枯叶，不少树叶都已烂成叶肥了。

楚丽红指着茶园地里的落叶，笑问他们认出这是什么树叶没有。

几名老板连连摇头，程老板认真辨认后才说："这不就是厚朴树叶吗？小时候我还拿它们当扇子扇风呢。"

楚丽红点头道："没错，我就是看中这片厚朴树林才将它从茶农手里转包下来的。"

几位老板又问厚朴树叶跟这茶叶有啥关系，楚丽红笑着说："你们都深通茶道，应该知道茶叶最能吸收各种营养成分，自然也能吸收这些厚朴树叶腐烂后的肥分和药性。《本草纲目》上说，厚朴养胃护胃，我就想着把它和茶强强联合起来，于是便有了让你们口服心服的……"

听了这番话，四位茶商都竖起大拇指，夸奖楚丽红独辟蹊径，又为茶叶界添了一款好茶，回去后一定要大力推销。林老板表示，他要给楚丽红的径山茶打满分，让今年的"茶魁"实至名归！

楚丽红却说："做茶我是认真的，我就想把家乡最好的茶叶推销出去，让更多人喝到我们家乡的好茶。至于'茶魁'的名号，对我来说，真的不重要。"

懒汉脱贫

郑祖平

千古名训："不怕家里穷，就怕家里出懒虫。"人一懒，金山银山都要吃空。

白沙镇葛岭村有这么一个懒汉，名叫葛藤，家里除了一张床铺马马虎虎还立得牢，其他的都是可以进博物馆的：房子是漏的，桌子腿是跛的，门板是摇的，吃饭的碗是豁口的，连筷子都是一根长一根短的。一件棉袄穿在身上，三年从来没有脱下来洗过，看去油光发亮，那个味道，狗闻了都要逃到三里外。葛藤一不下田干活，二不外出打工，今日在东家拔两棵白菜，明天去西家掰两个玉米。村里人恨不得把他扔到南天门外去，就是拿他没有办法，打又不能打死，杀又杀不出血，怪就怪自己前世交友不慎，这一世和这个"宝贝"拼到一个村里，就当修心还债。

葛藤，一无经济收入，二无亲戚依靠，成了铁骨实硬的贫困户，吃吃低保，拿拿扶贫救济款，日子过得比孔乙己还要舒服。他天天靠着墙角晒太阳，就等政府送小康。

2020 年是脱贫攻坚收官之年，葛藤成了白沙镇脱贫攻坚最坚固的"碉堡"。镇党委方书记为拿下这座"碉堡"，太阳经差点爆裂；镇里的干部宁愿受批评，也不愿去打这个仗。给他联系好去企业打工，他说脚痛；让他去培训，以后在家里做点手工活，他说手痛；给他四只羊让他发展养殖业，结果隔一个星期就少一只，才一个月，四只羊统统不见了，问他羊呢，他说放在外面不放心，养在肚里最安全。更可气的是，扶贫干部成了他家的保姆，一去他家，他就指手画脚叫人家做这个做那个。人家不做，他就不在扶贫表格上签字；他不签字，人家这一年的扶贫工作就白做了。要是弄得他不高兴，他还要到镇里告你一状，说你扶贫态度恶劣。扶贫干部没有一个不被他弄得狼狈收场的。他说："我是贫困户，我怕谁。"这是有史以来最理直气壮的贫困宣言。

正在方书记为派谁去攻这座"碉堡"而大伤脑筋的时候，市里给镇里派来一位副镇长，是部队转业来的，女的，还是个排长。方书记不由得眼睛一亮，真是缺什么来什么，"爆破筒"有了！部队的同志作风硬实、敢打敢拼，攻"碉堡"就靠她了。

她的名字叫陈颖，是陆军女子突击队的上尉排长，因为伤病，转到地方上来工作了。

陈颖的背包刚放下，方书记就迫不及待地找她谈话："陈颖啊，你真是来得太及时了，你是上级领导给我们派来的大将。今年是脱贫攻坚的收官之年，葛岭村还有一座'碉堡'没有攻下来，你们部队来的同志，敢打硬仗，这个任务就交给你了。"

陈颖说："没问题，但我有一个要求，镇里要给我一个文件，要有随机决断权，我怕到时候干扰太多。"

"行。"方书记说，"只要能攻下这座'碉堡'，不要说一个文件，十个文件我也给你。"

就这样，陈颖以"爆破筒"的角色冲锋上阵了。要说陈颖能当排长，那也是硬碰硬的，转业之前对农村工作也是做过功课的，当方书记让她去攻"碉堡"的时候，她了解到这人原来是个懒汉，心里就有底了。在部队，不管你是懒虫还是馋虫，统统让你变成飞龙，她管得了一群龙，还治不了一条虫？

第二天，陈颖来到葛岭村，看到靠在墙角晒太阳的邋遢鬼，就知道这是她要攻克的"碉堡"了。

"葛藤。"

葛藤艰难地睁开眼看了看，一天没吃饭了，救济款早就吃完了，就在等扶贫。

"从今天起，你归我管了，一切行动听我指挥。"

"有钱没有？"

"钱在我这里。"

"只要有钱，谁管都一样。快，快点，把钱给我，我就等钱吃饭呢。"

"要钱可以。"陈颖四周看了看说，"家里家外全都打扫干净，给你吃饭钱。"

"凭什么，干净不干净照样过，吃饱肚子才是硬道理。"

"哦，你还懂道理。那你知不知道不劳动就不得食？不打扫是吧，那你就饿着吧。"

"你给我扫，以前都是扶贫干部扫的。"

"笑话，这房子是你住还是我住，你怎么不叫我帮你吃饭……扫不扫？"陈颖掏出二十块钱，"不扫我可走了。"

葛藤看到钱，眼睛发光，冲上前去抢。

陈颖拾起一块砖头，一掌劈去，砖头断成两截："看见没，你手脚骨头有没有这砖头硬？"

都说君子怕小人，但小人怕狠人，陈颖这招把葛藤镇住了。

"扫不扫？不扫我走了。"

葛藤只好乖乖地拿起扫把清扫。陈颖就在边上监督着，待里里外外都扫干净了，才把二十块钱给他。"这是你的饭钱。"

"怎么只有二十块？"

"干一天，给一天，不干就没钱。"

"我……我要告你，告你克扣扶贫款。"

"好啊，你去告啊。"说着陈颖拿出镇政府文件，"这是镇政府文件，镇里给我随机决断的权力。就是说，我想怎么管你就怎么管，你告也没用，一切我说了算。好好看看吧。"说完，把文件往葛藤手中一塞。"明天我再来。"转身而去。

葛藤文化水平不高，字还是认得的，文件的内容看明白了一半。

风向不对啊，以前扶贫干部看到他就像孙子一样，今天来的这一个变成大爷了，难道好日子要到头了？

第二天，陈颖从镇政府志愿者办公室领来一套迷彩服扔给葛藤，命令道："把身上的那套脱下来洗了。"葛藤像听到了天大的笑话，叫他洗衣服，这可是从来没有过的事。

"洗不洗？不洗今天没饭吃了。"

"洗，洗。"葛藤一听没饭吃，赶紧把身上那套整整三个春秋没有离身的"盔甲"脱下来扔到水池里，水池里的水顿时便变成了酱油色。

"看看，看看，这都成毒水了，我真奇怪，这种生满细菌的衣服穿在身上，你怎么不生病？"

说到病，葛藤赶紧说："我有病，我有病，我肚子疼，我头晕，我脖子酸，我腿抽筋。"说着人就东倒西歪地发作起来。

陈颖问道："真有病？"

"真有病。"

"那好，带你去医院看病。"说完陈颖将葛藤用车拉到医院。

葛藤有点小得意，这是他惯用的小伎俩，弄点小病，往医院里一躺，有贫困户的招牌又不要他自己花钱，有吃有喝有睡，比在家里舒服多了，与老干部疗养有的一比。

医院的医生看到他就头痛，就像看到臭狗屎，谁都不想沾上身。一番检查后，开了几盒舒筋活血的药赶他出去。葛藤赖着要住院，医生说没什么病，住什么院。葛藤说一身都痛，怎么会没病。医生说，你那是懒病，医院治不了。

陈颖一听问："都说懒病、懒病，懒是不是真的是一种病？"

医生说："懒还真是一种病，叫慢性疲劳综合征，跟肾上腺素代谢障碍有关。"

陈颖问："有办法治吗？"

医生说："有，出汗，出大汗，代谢畅通就好了。"

陈颖说："我明白了。"就对葛藤说："回去。"

葛藤赖着不走："我病都还没治。"

陈颖说："回去，我给你治。"说着拉着葛藤回到葛岭村。

次日，一辆大卡车运来一车砖头倒在路边。"瞿瞿瞿"一阵哨子声，陈颖将葛藤从床上赶了下来："从今天开始，实施脱贫计划，治病脱贫相结合，这是包子，吃了包子把砖头搬到屋后山去。"

听说搬砖头，葛藤急了："搬砖头，那怎么吃得消？你给我搬吧，以前米啊油啊都是干部给我送到家的。"

"是你脱贫，还是我脱贫？不搬是吧？包子也别吃了，今天饿一天吧。"说着陈颖把包子收起。

"搬搬搬。"看见陈颖收起包子，葛藤赶紧服软，人是铁饭是钢，饿肚子的味道，他是深有体会的。

包子是吃得很快，搬砖头就有的磨洋工了，两块一搬，三块一搬。陈颖吼道："照你这么搬，一车砖头什么时候才能搬完！"于是动手往他手上垒砖，十块一摞："叫你磨洋工，出勤不出力，搬！"

十块砖头好重的，葛藤从来不干活，两趟搬下来，就不想搬了。

陈颖哪能给他休息："继续，加油，汗水把衣服湿透了才可喘气。"葛藤一听，想到了办法，趁陈颖不注意，到了无人处，把衣服往沟里一浸，然后穿上身，跑到陈颖面前说："我出汗了，衣服全湿了。"

陈颖气得把眼一睁："脱，把衣服脱下来。"

葛藤不明所以，老老实实地把衣服脱下来。

"你这是出的什么汗，衣服全湿了，裤腰还是干的，你以为你是机器人可以定点出汗？再偷奸耍懒，罚你三天没饭吃。"

一听要罚饿三天，葛藤慌了，赶紧跑去搬砖，跑得个快。他心想，自己以往的小聪明，怎么到了这个女人面前，一点都不灵了，真是前世的煞星，从此再也不敢偷懒。

葛藤在陈颖督促下，盖起了鸡棚，把整个屋后山围起来放养山鸡，又把荒了很久的地开挖出来，种上蔬菜，天天大汗淋漓。还真是，汗出多了，气也通畅了，人也变得有精神了。

大半年后，鸡可以出笼了，陈颖请来家禽开发公司的老板，把鸡全卖了，除去成本开支，葛藤还有一万多元结余。看到这么多钱，葛藤心里都有点哆嗦，这辈子他还从来没有见过这么大一笔钱。

到此，陈颖的扶贫工作算是告一段落。陈颖拿出脱贫表格要葛藤签字，葛藤不肯签。陈颖道："怎么，你还想当贫困户？告诉你，今年是脱贫攻坚最后一年，明年你想当也不可能了。"

葛藤迟疑了一下说道："不是，我想扩大养鸡规模，还想开个农家乐，想请你留下来继续指导我。"

陈颖道："好啊，终于开窍了。你放心，脱贫只是幸福生活的开始，以后我肯定会继续关注你，给你提供帮助的，你要扩大规模，我可以帮你申请小额贷款。不过你先把这表格签了，不然我交不了差，我要成贫困户了。"

葛藤赶紧把名签了，说道："我想把我养的鸡取个名，叫'懒汉鸡'好不好？"

"为什么叫'懒汉鸡'？"陈颖问。

"因为我想让自己记住，自己曾经是个懒汉，以后再不能懒了。"此时的葛藤经过大半年的脱胎换骨，气质有了很大的变化。

陈颖感慨地说："葛藤，这么长时间，这是我听到的你说得最漂亮的话，好，就叫'懒汉鸡'。"

养猪先养心

张　广

最近，一个题为《村主任养猪，村民吃土》的网帖在慈善县名为"问道"的自媒体公众号上迅速火爆，阅读量过五万。

帖子的大致内容是这样的：村民阿贵在自家小院建了个猪圈，养了四头猪，心想这几年猪肉贵，等猪出栏，自己也可以小赚一笔。没想到，这四头猪却成了村主任刘鸣的眼中钉。村主任刘鸣以影响村庄环境卫生为名，责令阿贵一周内处理掉猪。阿贵没有听从，结果四头猪突然全部暴毙。问题是，村主任阿贵就是这个镇的养猪大户，猪圈里白白胖胖的近二百头肥猪眼见就要出栏了。

这个帖子立刻吸引了网民的眼球，舆论一边倒地同情阿贵，强烈谴责霸道的村主任。还有网民写了首打油诗："阿贵阿贵不给力，同是养猪惹人忌。霸道主任要留名，威逼利诱无人敌。"

阿贵逢人就说自己点背：父母早死，靠姐姐辛苦把自己拉扯大，好心的姐姐用自己做交换，好不容易给自己找了个貌美如花的老婆，如今五岁的儿子又生重病，真是"屋漏偏逢连夜雨，船迟又遇打头风"。更可气的是，猪"过世"第二天，村主任刘鸣就来到阿贵家"嘘寒问暖"。

说起自己貌美如花的老婆阿花，阿贵更是生气。平日里村民就闲言碎语地咬舌头，说村主任隔三岔五地往阿贵家跑，不知道是要看阿贵还是看阿花。

"阿贵呀，你也真是点背。不过这事也怪我，一听说你在建猪圈，我就说这活你干不了，你不听；我劝你从我那里弄猪仔，你又不听。如今可好，这才养了没多久，猪就让你养死掉了。哎……这事都怪我。要不让我看看你家猪圈，另外让阿花把你前几天喂猪的饲料拿来给我瞅瞅。"

阿贵家的猪刚死，本就心里难过，村主任来，不是来慰问的，而是来取笑自己的，更过分的是要查看自家的猪圈和猪饲料，还指名让阿花拿来，他哪里肯呢。于是阿贵把刚打开的门，转身就要关上，想让村主任吃个闭门羹。

"为了我家里的那二百头猪，你就让我看看吧，我也好长长见识，防患于未然，对它们负责。"

"对它们负责？你是我们村主任，你就应该对我负责，就该赔偿我的猪钱。"

村主任要推门进，阿贵守着门口就是不让。推搡几下后，没想到阿贵扯开嗓门高喊："大家快来看啊，村主任耍流氓啦！村主任打人啦！"

喊叫声引来了周边邻居，看热闹的人把阿贵家围得里三层外三层。有的看是村主任，就袖手旁观。有的看过网上帖子，内心对村主任很是不服，这不是"只许州官放火，不许百姓点灯"吗？你村主任能养猪，别人就不能养了吗？暗暗为阿贵不平。也有几个长舌妇，话中有话地说阿贵也不对，你家猪死了找村主任赔钱，难不成那猪死是村主任下的药呀？也有几个长辈，看阿贵和村主任吵起来，摇摇头就转身回去了。

刘鸣本想解释，但看围观的人越来越多，火药味也越来越浓，眼看局面要失控，只得"狼狈撤退"。

见此光景，阿贵在一旁偷偷乐得合不拢嘴。

原来，那个《村主任养猪，村民吃土》的帖子是阿贵凭空杜撰的。阿贵父母早亡、家境困难不假，连老婆都是姐姐换来的也不假，养的猪死掉了也不假，但他的儿子根本没患病，至于村主任责令他一周内处理掉猪，那更是鸡屁股拴绳——扯淡。实际情况是：阿贵原本是村里的低保户，逢年过节村里或上级部门多少都有千儿八百的慰问金，米呀，油呀，面呀，被子什么的也有救济。如今逢年过节一个人影也不见了，一颗豆也不见了，阿贵心生怨言，于是怎么看村主任都感觉他不是个好人。

自己要养猪，村主任却百般阻挠，不幸的是自己养的猪也不争气，全部死掉，这才有了最开始的那一幕。帖子是阿贵通过扶贫学习后学到的网络传播技巧：图片是自己用手机拍摄的；文字上，高中肄业的自己，好似依葫芦画瓢，添油加醋，照猫画虎，东拼西凑，勉强完成。

现在这招果然奏效，阿贵得意极了。

当天中午，阿贵在家喝了顿小酒犒劳自己的"聪明才智"，下午偷偷把死掉的四头猪处理好，又在镇上喝上了。人逢喜事精神爽，阿贵不知不觉喝高了。

饭店王老板见他是老主顾，本想让人把他送回家，他却说："老王，没必要，我是骑电动三轮车来的，倒不了。你要是送我回去，到时候我老婆就又知道我来你这喝酒了，免不了又是一顿臭骂。"老王也就由他去了。

阿贵见天晚了，想早点到家，就选了一条近道。近道是小路，走的人不多，阿贵骑着电动三轮车，歪歪扭扭朝前开。路过一座正在维修护栏的水泥桥时，阿贵尿急，就下车方便。因为醉得厉害，阿贵没看清警示牌，结果撞翻临时护栏，"扑通"一声掉下了河。

十二月的河水冰冷刺骨，阿贵刚掉进河里就清醒了，可他不会游泳，只能一边挣扎一边拼命呼救。

天冷风大夜黑，又是一条小路，自然也没人能听到。就在这危急时刻，一个高个子的黑影跳进了河里……经过十多分钟奋力拼搏，终于把阿贵救到了岸上。

上岸后阿贵才看清，冒险救自己的竟然是刘鸣。

白天，刘鸣被不明真相的村民围攻，导致自己没能把事情办成。为了尽快弄清猪死去的原因，刘鸣决定再找阿贵单独谈谈。说来也巧，刘鸣晚上在镇里也有个饭局，不过不是别人请他，而是他请市畜牧所的老张。刘鸣经常邀请老张到自己养猪场指导，但老张有个规矩——从不在外过夜，而且每次来坚持不去饭店。今晚之所以破例，是因为刘鸣想让老张亲自品尝一下在他指导下养育的新品黑猪肉。老张这才没有推辞，不过滴酒未沾，吃好就自己开车回城里了。

送走老张，刘鸣还记挂着上午的事情，担心阿贵早睡，就也走了这条小路。经过水泥桥时，刘鸣听见河里传来的呼救声，便立刻下河救人了。

阿贵身体壮实，只是不会游泳，所以被救上来后，就认出了刘鸣。没想到这刘鸣倒好，没等阿贵爬起来，自己就昏了过去。阿贵心想，难道村主任想新账旧账一起算，讹上自己？本来已经骑上电动车，想一走了之，但阿贵良心未泯，又返回去喊了几声，见刘鸣没有答应，阿贵这才慌了神，赶紧掐刘鸣人中，做人工呼吸。他心想：你可不能死，这落水的人没被淹死，下河救人的却被淹死了，岂不可笑？另外这天黑无人的情况下，万一出了点事情，一百张嘴也解释不了。

原来刘鸣患有心脏病，被冰冷的河水泡了十多分钟，再加上体力透支，他刚爬上岸就突发心脏病昏了过去，被阿贵折腾了会儿，逐渐清醒。阿贵也出了口长气，赶紧把刘鸣送往镇中心医院救治。

经过医务人员全力抢救，刘鸣从死亡线上捡回了一条命，但要继续住院治疗。

阿贵没想到刘鸣会拼命救自己，他既感动又内疚。他把这事回家和自己老婆一说。阿花是个明白人，把阿贵一顿臭骂："没良心呀，你以前游手好闲、一事无成，要不是你姐姐嫁给了我哥，我才不要你这个孬货。多亏政府这几年的帮衬，学会了直播带货，如今才脱贫一年不到，你就忘恩负义。"

阿贵低着头也不说话，等阿花把话说完，从口袋里拿出一沓钱。"你看这个是否够我们买猪仔的钱？""哪里来的？""这个你就不要问了！""死掉的那几头猪你都埋好了吗？""我都安置好了，你就不要问了。"说完阿贵倒头睡了。

第二天一早，阿贵被老婆喊醒，说要和他一起到镇中心医院看望村主任。在医院门口，阿花买了果篮和一些补品进了医院。

进了病房，正赶上刘鸣老婆买早饭回来。

刘鸣坐起身子，说："阿花妹子来了。"

刘鸣老婆接过阿贵手里的果篮等礼品，拉张凳子让阿花坐下。

阿贵看刘鸣老婆脸拉得老长，也不敢说话，没想到她却先开了口："阿贵哥，论亲戚，从我姑姑那里算起，我还要喊你一声表哥。今天这里没有别人，就你们夫妻俩和我们夫妻俩，我在这里把话说开了。我知道你心里一直有个疙瘩，村里一些人一直在造阿花和我们家刘鸣的谣。但阿花是什么人，你应该最清楚，反正我自家的老公我清楚。当年刘鸣是喜欢过阿花，要不是刘鸣爸爸不同意，也就没你什么事了。你姐姐用自己给你换了个媳妇，你不珍惜，还往她身上泼脏水。实话告诉你吧，刘鸣本不想管你们家的破事，还是你姐姐三番五次来求着我们，让我们多多拉扯你们。而且阿鸣每次到你家，我都知道的。"

阿花抹着眼泪说："主任，阿贵他不是人，造谣诽谤你，可你非但不记恨，反而冒着生命危险救他，这样的大恩大德让我们如何报答呀！"

"阿花妹子，不要这样说，我当时也不知道是阿贵落水，任凭谁听到呼救声，都会跳下去救的。"

阿贵半跪在病床前，伸手正要打自己的脸，刘鸣赶忙抓住阿贵的手，神情严肃地说："这是干什么？我只是做了我应该做的事，你真要自责，那就好好做自己的事。"

阿贵使劲点头："那你说让我怎么做，我都听你的！"

刘鸣微微一笑："那好，你先回去，等我出院，我来找你。对了，你回去后，务必把死猪掩埋好，但猪圈先不要清理，猪饲料也不要动。"

"我回去马上就做！"阿贵的脑袋点得像鸡啄米。

刘鸣舒心地笑了，拍着阿贵的肩膀说："阿贵，这就是你对我的最好回报啊！"

回家的路上，阿花总感觉哪里不对，就又问起昨晚那三千元钱的事。阿贵只好交代了事情的来龙去脉。原来昨天阿贵正准备埋猪的时候，正好有个猪贩子经过，说埋了可惜，这一头猪都将近二百斤了，要不就卖给他好了。阿贵说这猪生病死的，不能卖，但猪贩子说自己有路子，只不过需要阿贵自己找车送到镇里一个秘密的地方。阿贵一时财迷心窍，就答应了，才有了酒馆喝醉回家路上落水的事情。

阿花从包里掏出了那沓钱说："赶紧还回去，把死猪要回来，你要真把那死猪卖出去，我就把你也卖了！"

说来也巧，死猪已经杀好，猪贩本打算用车偷偷拉到外地处理，偏巧冷链车坏了，死猪肉才没被运出。阿贵把钱还给猪贩子，猪贩子自然不答应。阿贵说："看在你劳动的分上，我再贴二百元，如果还不还我死猪，我就向市场监督局举报。"猪贩子一下没辙，也就只好答应了。

回家后，阿贵首先上网删除了那个造谣帖子，又重新发了一个澄清帖。在澄清帖里，阿贵讲述了事情的真相，诚恳向被蒙蔽的网民们道歉，也向刘鸣深深忏悔。

刘鸣还没有出院，不过先前说到的那个老张带人去阿贵家看了猪圈，并取走了几试管猪粪便和猪饲料。刘鸣出院那天，警察找了阿贵，让阿贵指认了猪贩子。

原来，猪贩子就是隔壁镇上的养猪大户老杜。同行是冤家，老杜原本想毒死刘鸣家的猪，但刘鸣管理严格，没能得手，老杜就把有毒的饲料投掷到村口阿贵家的猪圈里。埋死猪的巧遇，也是老杜精心设计的。刘鸣之所以要看猪圈和饲料，也是感觉到事有蹊跷，才多了几分警惕之心。又因为怕是猪瘟，这是养猪人家最担心的事，所以刘鸣还在医院，就邀请兽医和老张前去仔细查看。后来老张两人取走样品化验后，发现果然有一种成分，可以造成猪病亡而非中毒的假象，加上派出所也正在协助上级调查死猪肉的案件，这才顺藤摸瓜，抓住了老杜。

更好的消息是，半年后刘鸣借给阿贵五头黑猪仔，说一年后上门收购，届时再支付猪仔钱。不过这个好事不仅阿贵一家可以享受，全村想养猪的村民都可以先去刘鸣养殖场赊来猪仔养殖。刘鸣不仅赊销猪仔，还举办了养殖培训班，一旦猪生病，就有专业兽医上门治疗。再后来他们村还专门成立了"铭心养猪合作社"，老张也来得更勤了，因为新猪品种是他一手扶植培育出来的，不过规矩仍然是不去酒店，不过夜。

后来村里流传一首打油诗：

> 阿贵脱贫靠勤奋，刘鸣养猪付真心。
> 一花独放不是春，共同富裕养猪人。

驭夫术

陈　晨

　　小芳和大勇这两口子一直是朋友和同事眼中的模范夫妻，从恋爱到结婚，大勇什么都依着小芳。小芳怀孕期间的产检，大勇再忙都挤出时间陪着一起去，更别说排队、跑腿这种事了，那真是国宝级的待遇。

　　可天有不测风云，小芳最近就愁上了，女儿出生后，这大勇就跟变了个人似的，哪有做父亲的样子。家里叫了个保姆，大勇自己天天混在麻将桌上，睡得比太阳晚，起得比月亮还早。女儿哭声震天响，他就跟失聪了似的，家对他来说就像酒店，做起了甩手掌柜。

　　这样的日子，一过就是八个月。老话说，人倒霉的时候，喝凉水都会塞牙缝。这天大勇回来得很早，小芳下班到家时，就看见他冷着脸坐在沙发上，女儿自己在围栏里玩玩具，小芳问："张阿姨呢？"

　　"让我给辞了，爸妈说女儿一岁了，白天我俩上班，他们可以帮着带，晚上我们俩自己带。"这么一想，小芳也就同意了。可说是一回事，做又是另外一回事，第二天晚上开始大勇就不见人影，又奋斗在了麻将桌上。

　　这天夜里，小芳的女儿突然发起了高烧，她赶紧给大勇打电话，连着打了八个，大勇一直没有接听，打第九个的时候，大勇直接把手机给关机了。小芳一边抹着眼泪，一边收拾东西，急急忙忙送女儿去医院。这天啊，就和小芳的心情如出一辙，下起了倾盆大雨，打车、等车折腾了一路，到医院已经是一个半小时之后的事儿了。

　　到了医院，被医生数落了一通："怎么做家长的，孩子都烧到四十度了，都快抽搐了，再下去很容易得脑膜炎的你知道吗？就没见过你这么粗心，不把孩子当回事的家长！"出了诊室，小芳有苦不能言，回想着自己丈夫的所作所为，心里的那根弦断了，眼泪就像没有开关的水龙头，再也收不住，在候诊大厅抱着女儿号啕大哭。

女儿眼见着好转起来，可小芳的心却是一直在湖底漂荡，脑子里反反复复的只有一个声音——离婚。回想着自己幼时和母亲相依为命的一幕幕，单亲家庭出生的她就是想要个温馨的小家庭，不需要多富贵，一家人有商有量、和和睦睦的，怎么就那么难？自己儿时被同学嘲笑是没有爸爸的孩子，对，没有爸爸的孩子，这离婚了，女儿也会和她一样变成同学口中没有爸爸的孩子。这怎么能行？就是为了女儿她也得振作起来。可她怎么把这个心都不在家里的男人拉回来呢？小芳靠在床头，绞尽脑汁，也想不出办法来，胸口像压了块石头，压抑得想爆发，迷迷糊糊一晚上没睡好。

第二天一早，小芳把女儿送到了婆婆跟前，说："妈，接下去单位里要加班加点，晚上孩子我带不了，您受累，孩子就托您照看了。"

小芳想总不能愁眉苦脸地去上班吧，出门前得精心打扮一番，脚蹬高跟鞋，小洋裙一穿，本身底子就好，产后恢复得也不错，这一打扮啊，还真靓呢。面上是光鲜亮丽了，可这心里啊，却是电闪雷鸣咯，再不发泄发泄迟早得憋出病来。下班后小芳约了三五好友，大家吃了饭，又去了KTV，放声大唱，把积压的负面情绪发泄出来。

接下来这几天，小芳的朋友们知道她心情不好，都不约而同地约她吃饭、谈心，日子就这么不知不觉过了好几天。在这段时间里，小芳和大勇两人，同一个屋檐住，却彼此见不着面儿。大勇不由得心里嘀咕，老婆怎么这么忙，都忙得不着家了，很多时候，衣服上还有一股酒味。

这天傍晚，大勇的老父亲打来电话："大勇啊，我们老两口都上岁数了，你妈有高血压，每天晚上睡不好，这人瞧着精神都不大好啊。你问问小芳，她要是空了呀，晚上孩子还是你们自己带。"

挂了电话，大勇只好打电话给小芳："你在哪儿？"

"你管得着吗？"不等大勇回话，小芳就挂断了电话。

大勇哪见过小芳这样，嘿，这还反了天了，越想越生气，直接去了小芳单位，没承想刚好碰到下班后的小芳。大勇看着小芳精心打扮过的样子，不由得一愣，上前说道："你打扮得花枝招展的，家也不回，这是要去哪儿？"

"怎么，我去哪儿还要向你打报告吗？"说完，也不理会大勇，自顾自地往前走。大勇跟着把老两口的情况说了，小芳也不理会，待走到一家饭店门口，她转头说道："今儿是我们高中同学聚会，可没让带家属，赶紧走，看着你就烦。"

碍于面子，大勇也不好说什么，绷着脸去父母家把女儿接回来。可当惯了甩手掌柜的大勇，哪会带孩子，也就十几分钟吧，就从父慈子孝转为鸡飞狗跳，他赶紧打电话向小芳求助："还在吃饭吗？我来接你。"

"别，我们在KTV了，家门我认识，我自己会回。"

"这……我一个大男人，孩子我带不好啊。"

"谁也不是生下来就会带孩子，一回生两回熟，你们刚好可以培养培养缺失的父女情。"说完又把电话挂了。

无奈，大勇只好耐着性子继续陪女儿，好不容易把女儿给哄睡了，自己却累瘫在了沙发上。迷迷糊糊快睡着的时候，小芳一身的酒气、腿打着战地回来了。

"这是喝了多少酒啊？"

"不多，哎呀，今儿高兴。"

"我去给你拿解酒药。"

"别……别别，用不着你操心，老同学早就给我买了，这不又怕我一个人回来不安全，还打车送我回家。"

"谁啊，哪个老同学？男的女的？"

"你管那么多干吗？"

"哎，我管这么多干吗？我是你老公啊！"

"老公，呵呵，我老公可真好啊！"说完这句，小芳酒劲上来，靠着枕头就睡着了，留大勇一个人干瞪眼。

第二天，小芳起来梳洗化妆，打扮打扮又出门上班了，也不搭理大勇。这可把他憋坏了，还隐隐有点危机感，把女儿送去父母家，他转头就来找小芳："老婆我们谈谈吧。"

"谈什么？"

"爸妈不是上年纪了嘛，孩子白天还能带，晚上我们自己带。"

"我们？"

"对，带孩子是辛苦，晚上我也不出去了，就和你一起带孩子。"

"那好，这可是你讲的，每天晚上都回家带孩子。"

就这样，当晚两口子一起在家陪着孩子，小芳那颗在湖底漂荡的心也稍稍地往上浮了一点。哪承想，仅仅过去五天，这大勇又变回老样子，电话打不通，不到天亮不回家。这回小芳这心啊，可不仅是跌在湖底了，而是沉到淤泥里咯。

这天早上，小芳气呼呼地再一次去了公婆家，把孩子一放，留下一句："孩子你们带，有事打电话给大勇。"

"小芳啊，这是怎么了？"婆婆问。

"你去问大勇。"说完头也不回地上班去了。

小芳呢，继续和朋友聚会，到了晚上也不去把孩子接回来，跟大勇一样把不着家进行到底。过了没几天，大勇父母身体啊吃不消咯，晚上老父亲给大勇打电话，打了三个才打通："大勇啊，你妈晕倒了，你赶紧给我回来，出事了连个手机都打不通，我们老两口还能指望你什么？"

大勇的麻将瘾瞬间清醒，离开麻将桌急忙赶去，送母亲去了医院。父子俩，一个背着娘，一个抱着孙女，手忙脚乱，等到做完各项检查挂上点滴，都到后半夜了。这期间大勇的手机响个不停，都是一些麻友打来的。在对话中，公婆也能将大勇的日常猜出个大概，板着脸说道："也难怪小芳要生气。"

大勇给小芳打电话："小芳啊，你在哪儿？"

"我在赶报表，全公司都在加班。"不等大勇说完小芳就挂了电话。

老父亲得照顾老母亲，一连几天，小芳都说在加班，大勇只得自己带孩子。在这几天里，"小儿难养"这四个字，大勇是体会得明明白白。你要睡了吧，她精神得很，东西丢得满屋子都是；刚给她洗干净吧，她又拉了。伺候这么个小娃娃，把大勇弄得手忙脚乱。晚上睡觉，一晚上不晓得要给她盖多少次被子，还得起来泡夜奶，更气人的是，你睡得好好的，她一脚把你给踹醒了。大勇长这么大，哪儿受过这些，这才没几天，就面色憔悴。用他自己的话说，感觉抑郁就在眼前。屁大点的孩子，怎么这么折腾人呢？

再看看小芳，每天漂漂亮亮出门，醉醺醺回家，一连几天，清楚的话都没能跟大勇说上几句。大禹三过家门而不入，小芳是进了家门也不看夫。

这天晚上，两男一女把一身酒气的小芳送到了家门口，小芳口齿不清地说了句："回吧，回……吧，我没醉，好着呢。"

进了家门，小芳直接去了卧室，倒头就睡。等大勇端着一杯水进来时，小芳呢，已经呼呼大睡了。好嘛，我在家带孩子，你倒好，在外喝得烂醉回家，大勇越想越生气，女儿他也不管了，直接把睡熟的女儿一抱，往小芳边上一放，管自己洗漱去了。刚刷上牙，就听见女儿揪心的哭声，跑出去一看，好家伙，小芳整条腿压在了女儿头上，大勇顾不得擦嘴角的泡沫就把女儿抱走睡到了客房。

一连几天，天天都是这三人把醉倒的小芳送回家，大勇忍无可忍，抬手就想给小芳一巴掌。小芳指着大勇鼻子，摇摇晃晃说道："你……你动我一下试试？你敢动手，我们就散了，明天我就回娘家。"

大勇到底是没下得了手，这个老婆是之前他捧在手心、真心实意从丈母娘那儿求来的。

第三天，大勇想看看小芳平时到底在忙些什么，傍晚把女儿送去父母家，转头就去小芳单位找小芳。谁知跑了个空，小芳啊，早就下班走了。大勇只得先回家，心想今天无论如何都得好好谈谈。可等到晚上 10 点，小芳还是没有回来，无奈之下只好给小芳打电话："你在哪儿？"

"我在 ×× 酒吧。"

一听是酒吧，大勇想到酒吧那鱼龙混杂的环境，火气就上来了，说道："你给我等着。"

大勇开车直奔 ×× 酒吧，在闪烁的霓虹灯光中找到了正推杯换盏、谈笑风生、脸喝得红通通的小芳。他们这一桌是两男两女，其中一对是情侣，是小芳闺蜜和她丈夫，这另一个么，唉，这不就是上次在家给小芳倒水送药的人吗？只见他不停地帮小芳倒酒、拿小吃、递纸巾，嘿哟，瞧这二对二，那不是都配上对了吗？这么一想，大勇顿时火冒三丈，气得直接冲过去把小芳硬拉出了酒吧："你就忙这个？天天不着家，孩子也不管，你就忙这个？"

"你不都看见了吗？我确实挺忙啊，就跟你忙着打麻将一样嘛！"

"你有想过我吗？有想过女儿吗？"

"现在知道女儿了？她是我一个人的吗？女儿生病，我打那么多电话给你，你倒好，直接关机。你还拿女儿说事，谁给你的脸？"

"那你作为一个妈，大晚上不管女儿，在外面和别人喝酒还有理了？你像个有家庭的女人吗？这男的谁啊？"

"你做初一我做十五，怎么，还只许你州官放火，不许我百姓点灯了？你打你的麻将，我喝我的酒，咱们谁也别管谁！"

…………

两口子这一吵，那是谁都不让，吵得那叫一个脸红脖子粗。

小芳的闺蜜来劝道："哎呀，快上车跟大勇回去吧，也没多大事儿，这么多人看着呢。大勇，这是我老公发小，不是你想的那样。我也得说你两句，这老婆是自己的，孩子也是自己的，自己不管不顾，可就不要怪别人上心了。毕竟这老婆嘛，谁也不能保证一辈子都是自己的。"

闺蜜老公这时附和道："我就把我老婆看得死死的，哪敢放心把她一个人丢家里，这要是心不在我这儿了，这家啊，迟早要散，后悔都没有用咯。"

这话犹如当头棒喝，大勇嘴里愣是一个字也说不出，在小芳闺蜜的帮助下，把小芳拉上了车。到了家楼下，两人都没下车，就这么沉默着。

许久，大勇叹了一口气说道："你能不能像以前一样好好待在家里陪陪孩子？爸妈年纪大了，孩子不能没有你，这个家也不能没有你。"

"哦，那么你呢？合着我就是个保姆呗！"

"我也不能没有你，这个家怎么能少了你？"

"我可没觉得我有那么重要，你少不了的是麻将。"

"不不，麻将哪有你、哪有家重要啊。你回来吧，我肯定改，再也不打麻将了。"

"想我回来也不是不可以，我们约法三章。"

"好，你说。"

"孩子是我们两个人的，不是我一个人的，你要对你的孩子负责，对我负责，对这个家负责。再混在麻将桌上不着家，我们就好聚好散，我也不是非你不可！"

"老婆，老婆，我保证做到。"

"那好，我看你表现。"

一晃，两年过去了，小芳和大勇小两口仿佛新婚夫妇般过着蜜里调油的小日子。有一天小两口带着孩子散步，大勇突然问道："老婆啊，现在这样，真好啊。你不喝酒，我不打麻将，我们的女儿又可爱了不少，真是一天一个样。"

"哼！你还真当我天天在外面喝酒，像你一样没责任心，天天在麻将桌上啊？我就喝了一口酒，身上的酒都是喷的，我这样是为了点醒你，你知道吗？那是我让闺蜜配合我演的一出戏。你再那样下去，这个家就散了，我不想我的女儿将来和我一样，被同学嘲笑是没有爸爸的孩子，你懂吗？"

"你少来！上次你喝醉都把腿压在女儿身上了，还说没喝醉？女儿哭得老大声了。"

"那是我下狠心拧了她一把，你要知道，你再那样子下去，就是在拧女儿和我的心，在那样的家庭环境里长大，女儿还能好吗？"

"老婆，谢谢你，我真的知道错了，谢谢你没有放弃我，把我拉了回来。"

真假"大白"

胡敏杰

家住龙岗小区的王老头自退休以后爱上了钓鱼，现在却只能隔窗遥望、望河兴叹。为啥？还不是疫情给闹的，小区管控，只进不出。

虽说吃喝不愁，可王老头在家闲得难受，老想着出去挥一杆解解瘾。这不前两天，本想着偷偷溜出去，没想到被守门的志愿者给请了回来。

老伴儿姜阿姨瞧着王老头闷闷不乐的样子，便指着楼下忙碌的志愿者们劝解道："眼下除了'大白'，谁都不能出小区，又不是针对你一个。"

说者无心，听者有意。唉，没错，"大白"们还能进出啊！

王老头拍了拍脑袋，随即翻箱倒柜找出了一件防护服，这还是女儿上次给老两口囤防护物资时网购过来的。嘿！没想到还真派上用场了。

第二天一早，王老头套上防护服，拿上钓鱼工具，骑上自己的小三轮儿，出发！

快到大门口时，王老头莫名地紧张起来，脑子里更是一片空白，原本想好的话也全都忘了。可没想到，这杆自动抬起。门卫还朝他挥了挥手，示意快走。

王老头立即一个加速，像一匹脱缰的野马，冲过大门关卡。可正当他自鸣得意时，却听到有人喊住了他。完了！这下麻烦了，准是被认出来了。

回头一看，原来是路边的一辆面包车上，下来一个红马甲，朝他招手喊话。王老头忐忑不安地将小三轮儿驶了过去，刚要解释，那人直接拉开后备箱，将三个大箱子搬到了三轮车兜里。

"这些早饭是配送给你们社区的，你快送过去吧。"红马甲吩咐道。

啊？哦。没办法，王老头只能在保安的注视下，又骑回社区居委会。心里嘀咕着，把东西放下总能去钓鱼了吧。为了节省时间，他还吭哧吭哧地将几个大箱子搬下来。

很快，出来个人。哟呵，居然是熟人——社区李书记，幸好穿着防护服，戴着口罩，不然准被认出来。

李书记出来第一句就是让王老头将刚搬下来的早饭再搬回车上。为啥？得先给居民送去，怕凉咯！

王老头生怕被认出，只能被迫加入送饭的队伍中。

虽说小区并不大，可跑上跑下，也把两人累得够呛。好不容易将早饭送完，王老头心里可还惦记着钓鱼，刚想脚底抹油，没想到李书记递上一份早饭道："赶紧吃，待会儿还有活儿咧！"

啥？还有活儿？得了，先填饱肚子再说。可转眼一想这李书记就在一旁，要是摘下口罩，准被认出来，只能推脱说吃过了。唉，真是有苦说不出啊。

扒拉了两口早饭，李书记又马不停蹄带着王老头陪着医护人员去给居家隔离的群众上门做核酸。这一来一去，一个上午眨眼间就过去了，王老头的两条腿酸得直打战。

午休的时候，李书记坐到电脑前整理居民所需的物资清单，而王老头则找了个角落吃起午饭。他没想到平时嫌弃的饭菜，此时竟然这么可口。

稍做休息，体力恢复，原本累得不行的王老头又起了钓鱼的心思。可刚猫到大厅，一个年轻人又把王老头拉到一个货车前，说是居民预订的物资到了。

得了，王老头又跟着几个年轻人做了一次物资搬运工。这一顿操作下来，王老头别说钓鱼，连吃鱼的力气都没了。

在清点的时候，又把王老头给气坏了。你要说是必要的物资也就算了，可有些居民一口气还买了好几箱啤酒、零食，角落里甚至还有两台大尺寸电视机。

看着汗流浃背、气喘吁吁的志愿者小伙们，王老头心里是又气又心疼啊！

清点好物资后，已是日落黄昏，一天下来精疲力竭的王老头再也兴不起半点钓鱼的念头，不过倒是主动揽下了自己楼道居民的物资分发工作。

于是拿着清单，王老头一户一户地将物资送上门，最后车兜里还剩下四袋大米和两大桶矿泉水。

王老头冷笑一声，倒要看看是哪户人家这么不上道。一查清单地址，忍不住揉了揉眼睛，没想到竟然是自个家！

这时，王老头才想起，之前他借口出去买米，实则想要钓鱼，没想到被志愿者拦了下来，他一气之下下了好几单。看着这些物资，只干了一天就腰酸背痛的王老头，想起之前对门卫和志愿者的冷嘲热讽，心里顿时羞愧万分。

第二天，社区"大白"的微信群里多了一个人，社区也多了一辆运输物资的公用三轮车。

没想到，假"大白"最后成了真"大白"。

爱玩手机的老人

孙燕华

　　柯敬禾自小失恃，是父亲柯满堂把他拉扯大的。柯敬禾心怀感恩，见父亲还在用落后的老人机，就在柯满堂六十六岁生日的那一天，将一台智能手机作为生日礼物送给了父亲。但其实柯满堂并不需要智能机，对他来说，手机所有的用途也就是打电话和接电话，一台老人机完全能够搞定。只不过有时和几个老朋友相聚，或者是在公园里和其他老人一起锻炼时，人家掏出来的都是智能机，他这台老人机就显得有些寒酸，所以也就收下了儿子送的这份生日礼物。

　　紧接着柯敬禾就开始教父亲如何使用智能手机。这事的起因说起来其实也很简单，柯满堂没有微信、QQ，对这些不感兴趣，其他如抖音什么的，他更是不屑一顾，只不过他经常去外面吃早餐，看到很多人吃完早餐后，拿手机对着一个密密麻麻的小方块一照，不用付钱就可以走人了，因此羡慕得不得了，就希望儿子能够教会他这个吃早餐不用付钱的办法。于是柯敬禾就给父亲下载了支付宝，并教了他扫码付款的办法。

　　第二天，柯满堂去巷口的点心店吃早餐时，对于自己终于能吃到不用付钱的早餐，心里一直都很激动。他虽然要了他最爱吃的馄饨，却没心思品尝馄饨的鲜美，注意力已经全都被别人扫码付款时发出的那些"支付宝到账六元""支付宝到账七元"的声音吸引住了，似乎这是他听到过的最好听的音乐。等到一碗馄饨吃完，终于到了他亲身体验这一全新付款方式的时候了，柯满堂的心激动得怦怦直跳，用颤抖的手掏出手机，按照儿子教他的方法，点开支付宝，又点了扫一扫，对准了那张印着二维码的有些肮脏的纸片。很快，他就听到了"嘀"的一声，但之后等了好久，也没听到"支付宝到账 × 元"这句话。柯满堂一下子慌了，脸色也一下红到了脖子根，就好像他吃了馄饨不付钱，又被人当场抓住了似的，尽管当时并没有人注意到他。不过幸好就像其他不太会用智能手机的老年人一样，他身上还是带着现金的，于是就忙乱地付了现金，逃跑一般地离开了点心店。

回到家里后，柯满堂一整天都气呼呼的，等傍晚柯敬禾下班一回到家，他就冲着儿子爆发了。柯敬禾听父亲发了一通脾气，总算弄懂了是怎么回事，说："爸，我不是跟你说了吗？我给你设置了密码，你扫码后要输入密码才能付款。密码就是你的生日。"柯满堂这才记起，儿子确实跟他说过密码的事，但他却早就把这事给忘了。尽管如此，他还是愤愤不平地说："那人家怎么不用输入密码呢？"

柯敬禾说："人家不设密码，那是人家已经有了抵御和规避网络风险的能力。"

柯满堂说："用手机付款吃个早餐还有什么风险？我也不要设密码。"在他的执意坚持下，柯敬禾只得把他手机上的密码去除了。自此后，柯满堂每次去外面吃完早餐，都扬扬得意地用手机一扫，听着那一声"支付宝到账×元"，心满意足地扬长而去。柯满堂吃早餐本来一般都是去他家巷口的那家点心店，现在他是到处跑，到处显摆，几乎没在同一家点心店里吃过两回，虚荣心得到了极大的满足。

可是有一天，柯满堂在又一家点心店里吃了早餐后扫码付款时，却发现扫不出来了。他不知道又出了什么问题，更要命的是，由于这段时间用手机支付早餐钱一直都很正常，柯满堂渐渐地也像年轻人一样，身上不带现金了。遇到这种情况，他总不能像吃霸王餐的地痞流氓一样拔腿就走吧，于是只能红着脸对点心店的老板说："老板你帮我看看，我这手机怎么就扫不出来了？"

老板显然也不是很内行，拿过柯满堂的手机研究了半天才搞明白，说："你的手机里没钱了，难怪扫不出来了。"柯满堂觉得很纳闷，他明明记得他手机里还有几百块钱的，怎么突然就没钱了呢？老板见他好像还有些不太相信，就把支付宝点开给他看，余额栏中果然显示为0。柯满堂这才确信他的手机里真的没钱了，而且身上又没带现金，那这早餐费该怎么付？正当他在那里不知所措时，老板显然已经看出了他的难处，大度地说："身上没带钱吧？没关系，几块钱的事，下次再来时记得补给我，不记得也就算了。"

柯满堂像是获了大赦，急急忙忙地离开点心店回到家里。这一天也不知道是怎样度过的，等到柯敬禾下班回来，他就迫不及待地问儿子，究竟是怎么回事。柯敬禾仔细检查了父亲的手机，面色严峻地说："爸，你的钱全让骗子给转走了。"

柯满堂听了这话，顿时就像被摄走了魂魄似的呆住了。他倒不是特别心疼那些钱，他绑定支付宝的就是领养老金的那张银行卡，幸好他还保留大多数老年人用卡的习惯，即每月发了养老金都会去银行支取另存，所以留在卡上的钱并不多，基本上就是为了吃早点而特意留在卡里的几十元钱。让柯满堂想不通的是，他的手机一直在他的手上，从未离过身，骗子又是怎么把手机里的钱转走的呢？难道是传说中的隔空取物？如果真是这样，那以后还怎么敢用什么手机支付？柯敬禾知道了父亲的疑惑后，笑着说："骗子也没你想象的那么神通广大，依我的推测，一定是你点了一个不明链接，骗子才会趁机侵入你的手机，把你的钱转走的。"

"侵入我的手机？怎么侵入的？"柯满堂像是在听天方夜谭。他只知道当年日本鬼子侵入我国，美帝国主义侵入朝鲜，却怎么也想不通，一台小小的手机竟然也会被侵入。柯敬禾知道这事一时也解释不清楚，就说："反正说了你也不懂，你只要记住，以后看到手机上出现'确定''同意''我知道了'这类的话，千万不要点击，那就不会有什么事。"柯满堂记起手机上确实时常会跳出来一些页面，还有"同意""拒绝"之类的选择，他也不知道这是些什么东西，所以一般情况下，他是既不同意也不拒绝，而是直接就关闭了。这次难道是不小心点了"同意"，才让骗子把手机里的钱转走的？从此以后，柯满堂在这方面就特别注意，一看到有"同意""允许"之类的字出现就忙不迭地立马删除，好似惊弓之鸟。

2020年初，新冠肺炎疫情来势凶猛，他们所在的这座城市虽然不是重灾区，但为了抗击疫情，也实施了各项严厉的防范措施，其中就包括了启用健康码，并严格规定，凡是进入室内和封闭的公共场所，都必须出示健康码。对于如此严峻的形势，柯敬禾采取的最有效的措施就是让柯满堂不要出门，毕竟待在家里才是最安全的。而柯满堂也像很多人一样，对这场已夺走许多人性命的疫情心存恐惧，也很听话地待在家里。可是几个月后，随着疫情形势的逐渐趋缓，柯满堂也像很多人一样，蠢蠢欲动地想要出门去亲近一下大自然。而就在这时，他的几个同样不甘寂寞的老朋友也向他发出了聚一聚的邀请，于是柯满堂应邀赴约。可让他没想到的是，疫情之后，整个社会的生活秩序已经和以前有了很大的不同。以前乘地铁，他只需把他的那张老年优惠卡往闸机上一刷，就可以大摇大摆地进去了，可是这一次，几个戴着红袖套的工作人员却非要他出示健康码后才肯放行。柯满堂压根就不知道什么是健康码，而工作人员自然也不会放行。正在此时，旁边有个乘地铁的漂亮姑娘过来对柯满堂说："大伯，你有手机吗？我现在就帮你申请个健康码，这样你就可以进去乘地铁了。"柯满堂拿出手机，姑娘就开始给他申请健康码，这波操作对年轻人来说其实很简单，问了几个问题后，很快就搞定了，然后姑娘就要柯满堂在提交申请中的"确定"上点一下。就在这时，柯满堂的脑子像触电一般，猛然记起了儿子对他说过的话："以后手机上出现'同意''确定'之类的字，千万不要点击……"而现在这姑娘竟然让他点"确定"，这不是骗子还能是什么？于是在他的眼中，眼前美丽的姑娘突然变得面目丑陋。他一把从姑娘手中抢回手机，怒冲冲地甩手而去，姑娘愣住了，不知究竟发生了什么事。

　　当天晚上，柯敬禾对父亲说，明天他的女朋友李卉要上门来。柯满堂听了非常高兴，儿子娶妻的大事本就是这几年来他一直盼望的，如今准媳妇要上门，这可是大喜事啊。第二天一早，柯满堂去买了许多好食材，准备好好地招待一下，可是当那位准媳妇一进门，和柯满堂一对眼后，两个人都呆住了。李卉也想不到，她的准公公竟然就是昨天在地铁站不愿在手机上点"确定"的老人。柯敬禾很快就感觉出气氛不对，询问之下，才明白了是怎么回事。误会当然很快就解除了，但柯敬禾和李卉却认真地考虑起了有关老人和手机的事，他们决定向有关部门建议，希望能研制出一款既能方便老人使用，又能保障安全的手机。

婆婆的私心

林丽珍　季轶君

　　曾老太太出身书香门第，幼年在香港生活，新中国成立后随家人回到内地，经历过时代大大小小的动荡，如今依然能沾上祖上福荫。曾老先生过世后，老太太将她名下的字画变卖大半，在房产还没大涨之际，置了数套优质房产。其中一套还是繁华地段的一栋复式洋房，周边配套齐全，这两年价格乐观，直逼八位数。

　　两个儿子早已成家，日子过得都不错。老太太私下里说过，她的房产是要给孙子的。至于是哪个孙子，她没明说，大家也不好明着问。

　　老太太七十寿辰，说好不用大办，跟家人和几个熟识的亲戚聚餐乐呵一下就行，儿女们却都不敢怠慢，宴席间变戏法般地将贺礼送给老太太。

　　众多礼物中，二儿媳巧巧的礼物最为亮眼。那是一只翡翠圆镯，清亮油润，微微透光，一抹阳绿飘花，灵动贵气。巧巧难掩得意之色："我早在两个月前就拜托我在瑞丽的闺蜜，跟她说十万元的标准。挑了好久看到这个镯子，觉得它跟咱妈有缘，就把它请回来了。"价值十万元，这个数字让全屋的人都兴奋起来。

　　禁不住大家热情的请求，曾老太太撸下镯子，让大家互递着传看。大家小心翼翼欣赏着这个小巧的物件并啧啧称赞。这时，不知谁突然喊了句："大嫂是金店店长，让她也来看下吧。"

　　大媳妇娇娇愣了下，忙推辞道："我确实在珠宝店上班，可我平时卖的都是金饰银饰，别的不太懂。"好事者已不由分说，把镯子塞她手里。娇娇只好赶鸭子上架，将镯子在指尖上转动几下："这种水和肉，感觉都还挺不错，一般在瑞丽买的肯定错不了。还是巧巧有本事，总能买到物超所值的东西。"嘴上话虽这样说，可娇娇心里笃定，这镯子的材质绝对不是翡翠。

娇娇就职的珠宝店老板，不仅喜金器也痴迷翡翠，时不时会进一些翡翠器件到店里，并给营业员传授鉴定翡翠的技能。这几年经娇娇出手的翡翠不下上百只，这次自然不会打眼的。这种品相的镯子如果是真翡翠，至少是近七位数的，十万块就能拿下来，不是撞了大运就是被骗了。

当然娇娇是不会当面说出这些的。知情人都知道她和巧巧对老太太那栋复式洋房很上心，也很乐意看她们互撕的好戏。娇娇不会干这种自毁形象的事，她在琢磨，怎么才能让婆婆知道，巧巧弄了个假的翡翠在糊弄她，好给自己加加分。

娇娇女儿现在五岁了，不爱说话不爱笑，经诊断是轻微的自闭症，至今还没上幼儿园。娇娇性子清高，但也不得不在现实跟前低下头，明争暗夺地为女儿争取利益。

这个休息日，娇娇陪老太太去采办时令泡菜用的食材。出了集市，娇娇突然想起什么似的说："妈，我听说东街那边新开了家回收奢侈品的铺子，现在免费鉴定。我想去看看我新买的水晶吊坠是不是真的，要不咱俩一块去凑个热闹吧。"老太太一听，两眼放光："真的，那我顺便让他们帮我看看这个镯子。"可能觉得自己有些失态，马上又不好意思地说："我也不是在乎这镯子值多少钱，就是想了解一下这个镯子的种水，他们说有冰种啊玻璃种啊什么的。行，我在这里等你，你赶紧去把我们寄存的东西拿过来，我们再一起去。"娇娇差点笑出声来，原来老太太心里也很关心这个镯子的价格呢。

两人手挽手来到柜台前鉴定。店里的小哥拿着镯子，用紫光灯细细地照了一圈，又放进仪器检查后，拿出来对她们说："这是 A 货，冰糯种，飘花颜色很正，色根自然，是天然翡翠。"娇娇怔住了，瞪大眼睛说："你看清楚了吗？！"她怀疑的态度刺激了小哥，"你是在怀疑我的专业性吗？你自己来看，这里显示折射率为 1.65，这是天然翡翠的特征——人鉴别可能会出错，机器鉴定总错不了吧！"小哥说完，娇娇傻眼了。这镯子以她多年的经验判断，就是个假货，可检验出来居然是这个结果。她一时陷入自我怀疑的旋涡。幸亏老太太没察觉出她的心思，听到是真翡翠，又听了小哥的专业分析，乐得合不拢嘴。

回家的路上，老太太喜眉笑眼，娇娇挽着婆婆，一言不发，心事重重，本想通过这次鉴定撕下巧巧投机取巧的面具，没想到反而给她脸上增了光。

回到婆婆家中，巧巧一家子也在，一见她们，立马笑脸迎过来："妈，你们回来啦！"可转头又对着娇娇把脸一沉："大嫂，你太不够意思了吧！"娇娇一愣，嗯？她这么快就发现自己刚干的事了？

巧巧说："上次我问你铁皮石斛哪里卖好，你告诉我说是万和药房。可那里的药太贵了，我哪里吃得起呀！刚我问大哥，他说你一直在网上买，品质是一样的。这种好事大嫂居然都不告诉我！哎，算了算了，你肯定也是忘了，等会儿记得把链接发给我吧！"娇娇听了这话，脸儿涨得通红。

这两年，娇娇知道婆婆重养生，摸着她的心思和喜好，主动为老太太买各类保健药材，并告诉老太太这些都是在当地最好的药房买的。其实，药是网上来的，但都是好药，比实体店便宜三分之一。撒个小谎，是为了给自己脸上添光，增强老太太对自己的好感。

娇娇从来没跟巧巧推荐过铁皮石斛。看来巧巧是跟自己老公无意聊天中得到的信息，趁机当着老太太的面抓她小辫子了。娇娇正不知所措，老太太开口了："巧巧，是我让你大嫂在网上买的。"巧巧愣住了，娇娇也愣住了。

婆婆笑道："觉得我老太婆不懂上网是不是？那个网店是我朋友的孙子开的，是药材原产地直供，药效好，又便宜。你大嫂买的都是好货，巧巧你要铁皮石斛就从我这里拿点去。"巧巧急忙客气推辞，大家又转移话题夸老太太与时俱进，走在时代前沿，真了不起。

娇娇正担心婆婆会怪自己骗她，可婆婆非但不计较，还给她台阶下。那网店肯定不是婆婆什么朋友的孙子开的，是她自己买过好几家网店最终认定其品质而选择的。

娇娇在边上激动得差点眼泪下来了。

半年后，曾家发生一件震动全家上下的大事。

老太太要把她那栋花园洋房捐给国家。

原来，洋房所在地的街道社区，要建一个公益的儿童益智园，用来开展益智游戏、阅读、儿童交际等方面活动，可街道一直没有找到合适的房子。这消息辗转传到老太太这，老太太居然决定把那栋小辈眼馋好久的洋房，无偿捐给社区做儿童益智园。

得到消息后，两个儿子沉默不语，两个儿媳妇心里却波涛汹涌，特别是巧巧，急得连夜找到娇娇商议对策。巧巧捶胸顿足："妈是不是老糊涂了呀？这房子市值现在是近八位数呀，我们可怎么办呀？"娇娇安抚她："我打听过了，妈只是把房子使用权捐出去。而且只要是我们曾家的孩子参加活动，都可以免费的。"巧巧气急败坏："那我们也够吃亏的呀！大嫂，我们这次一定要联合起来把房子弄回来。妈最疼你，你去劝劝她呀！"

娇娇说："我看难。妈祖上是书香门第，祖祖辈辈都一直热衷于儿童教育事业，她老人家也保留着这份情怀。"巧巧嚷道："那也得先顾了小家才能顾大家呀！说好了这房子是给孙子的。"娇娇说："妈说了，老吾老以及人之老，幼吾幼以及人之幼。天下的孩子都是她的孙子，这是积福积德的好事，她一定要做的。"娇娇心里明白，婆婆打定主意的事情，谁都无法阻止。

就说上次鉴定手镯的事，娇娇一直心存疑虑。事后，她曾悄悄返回奢侈品店，给小哥包了个红包，才得知事情真相。原来，老太太早就是那家二手奢侈品店的熟客，店员们都认识她。当娇娇鼓动她去鉴定时，婆婆就知道儿媳的心思。她不动声色地让儿媳去拿寄存物品，自己趁机给鉴定小哥打电话，告诉他，待会儿来鉴定玉镯时，配合一下，无论如何都要说是真的。

老太太护着巧巧，跟护着娇娇的心思是一样的。护着她们，不是赞同她们的做法。老太太只是慈祥厚道地体谅小辈们的私心，维护他们的体面，确保家族的和睦。

在社会各界的关心支持下，儿童益智园开办得如火如荼，家长只需要缴很少的年费就可以让孩子参加里面所有的活动。老太太看着孩子们在里面开开心心，整天乐呵呵的。

娇娇有空就带女儿来乐园玩，巧巧好多天都没露面。这天，娇娇挽着婆婆，站在院子旁边看着孩子们读绘本、玩益智游戏、做体能锻炼，好一幅其乐融融的画面。巧巧这时也过来了，还抱着一堆点读机，看到她们有点儿不好意思的样子。

打了招呼，巧巧说："我听说附近的大学有外教过来免费教孩子们英语，我也想过来学一学。哎，如果小时候我有这样一个乐园，说不定我也能考个好大学，出国留学深造了。现在的孩子，太有福气了！"

老太太和娇娇相视一下，都笑了。

这时，娇娇的女儿跑过来往她手上递了一个玩具，脆生生道："妈妈，请你吃饭。"娇娇愣了一下，一把搂住女儿，泪流满面。女儿从来没上过幼儿园，几乎不跟人说话，自从来到这里，她的状态一天好过一天，这一次居然主动邀请自己吃她做的"饭"——这可是自闭症康复的好征兆啊！娇娇抱着女儿瘦弱的肩膀，喜极而泣。老太太和巧巧都过来拍着她的背宽慰着。

巧巧和娇娇忽然体会到，老太太的这份私心，这份觉悟和智慧，她们这辈子都要好好学习。

抓　阄

吴晓武

　　大学金融专业刚毕业的青荷，正赶上家乡县城税务局招人，她抱着势在必得的信心报了名，过五关斩六将，闯入最后的面试。这天青荷看到坐在主考官位置上的人乐了，那是看着她长大的长辈陈二叔。她瞬间觉得这次面试就是走走过场，虽然回答问题时有些结结巴巴，但应该也不会影响结果。

　　几天后，录取名单公示，没有青荷。青荷不服，回到科同老家就质问父亲是不是当年得罪了陈二叔，这次被报复了。

　　长辈间的故事，要从 20 世纪 80 年代初说起：青荷的父亲青波和陈二是科同村发小，高中毕业那年，青波和陈二准备到县城找工作。当时最好的工作是进百货公司，不仅是国企，而且福利好，很多凭票供应的稀缺货都能买到。青波的父亲和陈二的父亲是老战友，抗美援朝，出生入死，火线入党都在一起，亲如兄弟。巧的是二人的老首长转业后，就在百货公司当经理，按说一起把他俩招进去也没事，可老首长讲原则，说两个孩子都优秀，但一同进去就有开后门之嫌，所以只能招一个，至于招谁让两个战友自己拿主意。老首长还说，进不了百货公司也不愁，税务局正大力招人。

　　改革开放之初，税务局对很多人来说还是新生事物，都不知道税务是干什么的，而让人艳羡的香饽饽还是百货公司。青波和陈二各自的父亲，经过一番商量，决定抓阄来决定，当面写下两个纸团，"百"代表百货公司，"税"代表税务局。青波的父亲把两个纸团放进一个透明瓶，陈二父亲负责揭秘。陈二父亲率先拿出纸团展开一看，是"税"字，气得当场把玻璃瓶一扔，把两张纸撕得粉碎，甩手而去。就这样青波如愿进了百货公司，陈二去了税务局。多年过去，青波的父亲总觉得愧对陈二的父亲。

命运弄人，当年的百货公司已成了一个完全市场化的商场，青波二十年前就被买断工龄下岗，而陈二在税务局不断成长锻炼当上了局领导。

青荷坚持把这次名落孙山归结为陈二心存芥蒂，虽然最后说来陈二发展比青荷爸爸好，但当年一定是做了手脚，被报复也在情理之中。

被女儿一番责怪，青波心里五味杂陈。过了几天，他接到陈二电话，说是老爷子八十岁生日，邀请两家回科同老家小聚。

不管心里有多不愉快，青波还是答应赴约，特别是青荷的爷爷一听要去见老战友，兴奋得像孩子一样。

那天到了陈二家，两位老战友你一拳我一拳亲密寒暄，而另一边陈二一把拽过青波问："青荷报考税务局你不知道吗？"

青波笑着说："我知道，我知道。"

陈二说："你知道为啥不和我说一下，我好有个心理准备。"

青波淡然一笑："青荷还年轻，进不了税务局应该有进不了的理由，现在报考公务员都有严格的纪律，我不想让你为难。"陈二听完释怀地说："你还是那么讲原则、明事理，一点没变。青荷不是不优秀，一是她那天表现的确不如别人，二是她学的是金融，而税务局这次招的是办公室文员，专业不对口，对青荷的发展有限制。我不希望一个金融专业的高才生被埋没。"

饭桌上陈二告诉青荷一个重要信息，一家新入驻的大银行正准备招人，因为业务上有交道，陈二打了招呼，希望青荷尽快报名。

果不其然，青荷投了简历顺利进入面试。

但青荷心情复杂，她不知道是因为自己优秀，还是有人打了招呼才这么顺利，总感觉怪怪的。

面试负责人是银行人事部的陆经理，一个三十多岁的年轻精干小伙子。他微笑地看着青荷，非常肯定地说："我看过你的简历，专业成绩非常优秀，还是预备党员，这都是我们非常看重的入职条件。"青荷诚恳地回答："我父亲一直教导我要好好学习，服务社会，报效国家。他下岗后干着最辛苦的出租车司机工作二十年毫无怨言。我爷爷、爸爸都是党员，不但严格要求自己，也严格要求我。"

陆经理颇有感慨地说："是啊，二十年前，我的深山老家发生严重泥石流，屋子被冲毁，父亲不幸去世，我们一家都绝望了。政府不但帮助我们重建家园，还有爱心人士资助我完成学业，我真的感恩社会，感恩国家。"青荷感觉到这不是面试，而是人生观的交流。她忽然对自己的人生有了新的认识。

当大家都在期待好消息的时候，青荷的名字却再一次没有出现在公示的名单上。

没有人知道，经过深思熟虑，青荷提前给陆经理打了电话，撤回了求职申请。陆经理不舍又不解，作为优秀人才，青荷已经进入银行的拟招录名单，他真心挽留青荷，可青荷谢绝了，她告诉陆经理自己已经另有去向。

陈二第一时间打电话给青波："青荷这么做太可惜了，是不是她以为我打了招呼，伤了自尊？其实我根本没打招呼，我那么说，只是想给青荷增强求职信心。"然后他告诉青波这里面真正原因是，陆经理委托他帮忙寻找当年资助自己的爱心人士，那个人还经常写信鼓励小陆好好学习。这个爱心人士从不说自己的名字，通过信封才大致知道地址在科同。当陆经理得知陈二是科同人，就想碰碰运气。陈二仔细看了信封，认出了青波那熟悉的工整字迹。得知自己的恩人就是前来求职的青荷父亲，陆经理有些激动，所以有了那天和青荷感恩社会、感恩国家的人生观对话。

陈二最后告诉青波："还有一件事，我心里藏了快四十年了，今天我也一吐为快。当年两个老爷子为进百货公司抓阄的事，其实是我父亲作的弊。我父亲用的是事先写好的纸团，目的是想让你进百货公司。作为生死战友，他没有半点私心，还在抓阄后故意装作生气，撕掉纸团让别人看不出破绽。"

青波听完哈哈大笑："你说的这些我家老爷子早就猜到了，虽然阴差阳错一个成了局长，一个成了出租车司机，但不管命运如何，我们初心不改，兄弟情更深。"

陈二欣慰地说："说得太好了，两个老爷子就是我们的榜样，几十年来从未向子女提出不合理的要求，我们也从不干违背原则的事。抓阄是假，初心是真啊。"

已经悄悄报名参加贵州扶贫工作的青荷在门外听到父亲的笑声，就进屋问："老爸，啥事笑得那么开心啊？"青波说："抓阄的事啊。"青荷机灵地眨了眨眼："我知道了，抓阄定命运！我也想决定自己的命运，一个是留在你身边工作陪伴你，一个是去很远很苦的地方扶贫，我们抓阄决定好不好？"

青波心知肚明地说："青荷你长大了，爸爸相信你，来，我们来抓阄。"

扶贫书记

许明江

晚上9点，坪上乡坪上村村委会的会议室里还亮着灯，村里正在召开全体村干部参加的精准扶贫会议。村书记何旭说："各位，我们坪上村弯拐自然村还有一户没有挂包脱贫，今天必须把这事落实下来。下面请大家发言，把了解的情况讲一讲，看看这户人家存在的困难怎样解决。精准扶贫，不能丢下一个人，再大的困难我们也要克服，要把他们扶起来一起致富。"

村书记何旭话音刚落，村委会委员小刘就说："这段时间我一直在坪上村民组走访，通过乡邻得知，这户人家是父子俩，老汉六十岁，儿子四十岁。儿子名叫都荣，一天到晚东游西逛，什么活也不干，至今仍是光棍，村里人都喊他'懒虫'。前年冬天民政部门给他们父子发放棉衣抗寒，都荣冬天当棉衣，夏天就把棉衣的棉絮掏空当单衣穿。去年夏天都荣跑到村里来要补助粮食，说家里断顿了，村干部到他家一看，发现屋后墙边还堆着麦子没打下来。村干部帮着把麦子打了，还给了一百块钱作为磨面粉、加工面条的工钱才离开。"另一名村委会委员小王接着爆料道："有一次唐大爷对'懒虫'说：'你才四十来岁，正是身强体壮的年龄，又没病没灾，你勤快一点怎么都不会饿着肚皮，难道你就准备这样一直晃下去？''懒虫'却说：'你说些啥？我等到六十岁就可以进镇里的敬老院去享清福了。'唐大爷气得不行：'啊，原来你娃儿打的是这算盘，那我问你，你爹都六十岁了，为何还不进敬老院？''懒虫'说：'我去问了，镇里说他有我这个儿是进不了的。'唐大爷叹息说：'娃儿，你这不是在害你父亲吗？''懒虫'说：'谁知道我爸能活多久？再过些年他也差不多啰……'这就是'懒虫'家的现实情况。"小刘讲完，在座的村干部议论纷纷，都觉得这户人家很难扶贫脱困，都不愿意去挂帮。

何旭见大家议论不休，站起来说："各位安静，看来大家都不愿去挂帮'懒虫'家，这样吧，我是书记，我去帮扶，今天散会。"

第二天一早，何旭让妻子帮着收拾了两件衬衣、两件汗褂、两条裤子放在袋里准备出门。妻子问："你去哪里出差？"何旭说："不是出差，是去弯拐村民组'懒虫'家挂帮。"妻子说："那个'懒虫'谁不晓得，你怎么不派其他干部去？那是个抽不上树的猴子，叫人恼火得很。"何旭说："正因为如此，我这书记才要去啊。"

六月的太阳炙烤着大地，风都是热气腾腾的。何旭提着妻子收拾的衣裤走了半小时来到"懒虫"家。他抬头一看，"懒虫"家虽穷，但住的却是五柱四列三间瓦房，房后翠竹掩映，竹林边有一口水井。他站在院边大声喊："都荣，都荣……"喊了半天没人应，见大门开着，就径直走了进去。一进门，发现地上铺了一张晒席，席上躺着的正是都荣，此时正鼾声连连，睡得正香。何旭"咚咚"地敲了几下门板，又喊了几声"都荣"，他才醒了过来。

都荣翻身坐起来，不满地说："哪个？你吼啥啊？害得老子睡觉都睡不安耽。"何旭坐在门槛上笑着说："对不起，打扰你休息了，你是都荣？"席上的人说："我就是，不过现在大家都叫我'懒虫'，从来没人喊我的大名。"何旭说："你起来，我有事要对你说。"都荣起身揉揉眼睛，出门朝竹林边的水井跑去，拿起井边的水瓢舀了一瓢井水咕咚咕咚喝了，然后端了一瓢朝何旭走来说："来，先解解渴吧，这水不错的，比城里的矿泉水还好喝。"何旭接过水瓢也咕咚咕咚地喝起来，水确实好，清凉甘甜。何旭喝完问都荣："你认识我吗？"都荣说："不认识。"何旭自我介绍："我叫何旭，是坪上村的书记。"都荣说："以前的书记我认得，因为我经常去找他们要补助。你嘛，我这还是第一次见到。这么年轻就当书记了，了不起。你找我啥事？"何旭说："大事，与你有关的大事。听说过精准扶贫吗？到2020年全国扶贫工作要收官了，不能丢下一家一户，我们村也一样。可要富起来得靠实干，不能懒。你正值壮年，只要勤劳很快会富起来的，我今天就是来跟你一起想办法的。讲讲你现在的具体困难在哪，我们一起想办法。"

这时，竹林边有一个背着一捆苞谷秆的老人走过来，走到屋檐下大声地喊："'懒虫'，快来给老子接一下背篼。"何旭赶忙起身去帮忙接背篼。那人放下背篼后发现不是"懒虫"，有些不好意思地说："谢谢你，你是？"这时都荣走过来说：

"爹，他是我们村的何书记，来帮我们家脱贫致富的。"都荣爹抖抖身上的苞谷秆渣，搬了两条凳子到竹林边的水井旁放下，对何旭说："何书记你坐，这里有竹叶遮阳，井水也降温，凉快些。""要得。"何旭走过去在一条凳子上坐下。都荣爹舀了一瓢井水咕咚咕咚喝了个底朝天，然后慢条斯理地裹了一支叶烟边吸边问："书记你来帮我家，我十分感谢，我们家的情况你都看到了，我已经没力气致富了，你帮不了我们家的，你就当坪上村民组没我这户人家吧。"都荣爹说完无奈地摇摇头，眼泪汪汪起来。何旭见状忙说："老人家别难过，我帮你家是真心的，你把难处讲出来，我们共同努力，不要顾虑太多。"都荣爹吐出一口烟后说："书记呀，我命苦。老伴四十多岁就死了，就一个儿子。我想到他妈走得早，从小什么都惯着他，以致他长大后什么也不会做也不愿意干，整天游手好闲，求人给他介绍对象，可人家看他懒都不愿意。"都荣不满地说："爹你还说，都怪我家没钱，谁愿意进家门啊。"都荣爹听到都荣把责任推到自己身上，气不打一处来，说："老子同何书记讲话，你少插嘴。我没本事，你好手好脚力大气粗，就是帮人下苦力也有百把块钱一天啊，可你怕苦怕累什么也不做。何书记，这些年村里也没少帮我家。几年前村里送来了一只母羊让我们养，我好不容易把羊养大喂肥，正盘算母羊配种后可以生几只小羊，等小羊养成成年羊卖了割点肉过年，剩下的钱再添置点家当。谁知这个败家子趁我出门不在家时找人把羊杀了，把他的狐朋狗友唤来海吃了一顿。等我回到家，锅里只剩点汤了。这些年，村里年轻人都外出打工挣钱，可我儿子说什么也不愿去。我骂他，说我死了你咋办？懒货竟毫无羞耻地说：'你急啥？镇里有敬老院，等我满六十岁就可以进去享清福了。'这说的像人话吗？书记我劝你不要在我家浪费时间了，你去帮别人家吧，我也活不了几年了。"

何旭听老人这样说，心里有些酸溜溜的，忙说："老人家你别灰心，只要你家还在弯拐村，我们就有义务帮你家走上富裕路，但关键还得看你们自己，特别是都荣。人穷志不能穷，要有志气有精神，要靠自己的双手致富。"都荣爹生气地对儿子说道："何书记说鼓志气提精神，是讲给你听的。我们家能不能脱贫关键在你，只要你改掉懒习气，我们家就有盼头。"都荣说："爹，你看你又把责任推给我了，人家书记还没说怎么帮，你就把别人挡了回去。"何旭说："都荣，你爹说得对，要脱贫得靠你，你正当壮年，要力有力，要劲有劲。我之前了解过了，房后的山林是你家的，这里的土壤气候都适合杨梅生长，明年开春后我想法联系给你家栽上杨梅树苗，由你爹负责管理，种植杨梅的技术也由我全权负责。另外我们村要引资搞金银花规模化种植，你家不是有四亩多地吗？到时候加入金银花种植合作社，土地入股分红，你也进合作社去打工，六十块工资一天，干一天领一天。如果这样，我相信要不了几年你们家也可以住上新房，说不定你还可以娶个漂亮媳妇呢。"说完何旭看了看父子俩。都荣爹眉开眼笑地说："何书记，我看行。"接着都荣也表态："我同意。何书记你放心，我一定改掉懒的毛病。"何旭见都家父子同意了他的想法，高兴地说："都荣，你到屋里拿三个碗来，为了脱贫致富，我们以水代酒干个杯！"

何旭临走时把装有衣裤的手提袋交给都荣爹："今天初次见面，没给你们买什么东西，见你们大热天还穿着厚衣服，我从家里给你们带了几件半新半旧的衣服，你们洗个澡换上。明天一早都荣到村办公室找我，我带你去合作社签土地流转合同。"

入冬以后，都荣爹磨快柴刀，天天上山坡砍刺刺草草，半个月时间就把坡上砍得光溜溜的。接着他按何旭说的，每隔两丈打上一个窝，并在窝里放上牛粪。一切准备完毕，只等何旭的杨梅苗了。都荣爹干完自己的事后又去帮儿子打窝子栽金银花苗。都荣进合作社后还真的改掉了过去的懒毛病，干活十分卖力，受到了大家的表扬，他也第一次领到了一千二百元工资并交给了都老头，只提了个小要求："爹，我想吃红烧肉。"都荣爹说："儿呀，你一直像现在这样勤劳，我天天给你买红烧肉吃，管你吃个够，不光吃红烧肉，下次你领了工资我给你买一套西装。"都荣说："西装是干部穿的，给我买件夹克就行了。"都荣爹说："憨儿子你说些啥？西装又不是当官的官服，农村人有钱了照样可以穿。常言道：'人靠衣装，物靠精装。'穿得体面了好找媳妇。"都荣听了爹的话，乐得嘴都合不上。

转眼到了春季，正是植树苗的好季节，何旭为都家送来杨梅树苗。杨梅树苗栽好后，他又从镇农技站请来技术员进行了培训。技术员告诉都荣爹，你家种的都是优良品种，只要科学管理，三年后就能挂果。这之后都荣爹将杨梅苗视为亲儿子，一天到晚都在山坡上转悠。

时间过得很快，一晃就到了第二条初夏。山坡上、田坝里的金银花全开了，白色金色争奇斗艳，引来了采蜜的蜜蜂，田野里不时传来阵阵笑声，花丛中到处是采花的村民。都荣正和同村的袁曼一同采着一笼笼金银花，两人的手不停地在花枝间舞动，不一会儿两人的背篓就装满了金银花。都荣说："袁曼，你把背篓给我，我顺便给你过磅，你就近找个阴凉地方歇一下，等我回来后继续采。"袁曼把背篓递给都荣，都荣双肩挂着背篓朝田埂走去，走到过秤的老张跟前卸下左肩的背篓说:"这是袁曼的。"老张边过秤边问:"都荣你是不是喜欢上了袁曼?我看可以,袁曼三十五,你四十一,年龄合适。她男人是外出打工工伤死的,女儿已经上初一了,家中无老人,负担也轻。你们要是成为一家人,日子一定过得和睦,有了婆娘才有家。"都荣正愁找不到人给袁曼把话说破,听老张这么一说,赶紧点头说:"要得要得,张会计,我现在正式请你做媒,事成了我砍个胖猪蹄髈来谢你。"老张笑了:"这事包在我身上,但主要还得靠你自己,从现在起你得好好表现,要处处关心人家。"都荣乐滋滋地提着两个空背篓回到袁曼身边。袁曼从花丛中站起来伸手递给都荣一个东西,红着脸说:"都大哥喝吧,这是酸奶,喝了很解渴,是我女儿昨天回家给我买的,一共两瓶,给你留了一瓶。"都荣接过来插上吸管吸起来,他感觉甜甜的,是透心的那种甜。

俗话说得好:"人是三节草,不知哪节好。"这话的意思是说不要把人看死,不要把话说绝,人都是会变的,坪上村的都荣就是一个典型的例子。当初是出了名的"懒虫",大家都认为他这辈子没救了,谁能想到他会在精准扶贫政策感召下脱胎换骨。现在的他不仅从贫穷中站了起来,还找到了人生中的另一半。

都荣结婚那天,乡里乡亲都来道喜,何书记也特地送上一副对联:"扶贫敲开致富门,勤劳结出幸福果。"都荣和新娘袁曼正给乡亲分发着喜烟和喜糖,笑得合不拢嘴……

有文化的羊

金惠玲

如今时兴搞项目，有了项目，就能拿到国家的扶持资金、银行的低息贷款。延庆山村的崔普天就是个跑项目的高手，人称"吹破天""吹白批"。

崔普天这些年申报了不少项目。见有人申报了"孙二娘包子店"，还美其名曰是弘扬水浒文化，得到了项目扶持，他想，人家能打着卖人肉包子的旗号，我就申报个"方腊行军饼"项目。他在项目可行性报告中强调，这是根据方腊起义的历史资料，考证了方腊家乡的历史文化挖掘出来的，和水浒文化研究有密切的关联，同时，他准备要发展百家连锁店，经济效益非常可观。于是乎，这个项目很快被批准立项，得到扶持资金五万元，能顶外出打工一年的工资。崔普天因此成了村里包装项目的高手。等到上面派人来验收这个项目时，崔普天带着他们跑遍了全县城乡所有卖苞萝粿的小吃店，说这些全是他的"方腊行军饼"连锁店，搞得大家哭笑不得。

崔普天在包装项目上尝到甜头后，就一门心思研究起项目来，后来他又申报了"高山西瓜""七彩山鸡""古巴牛蛙"等项目。最近，他在百度上一番搜索，发现发展高山小寒羊最有前途，尤其是小尾寒羊，生长快、成熟早、繁殖力强、毛质优良，是个好货，而且小尾寒羊多半分布在河南山东一带，江南一带还没有呢！趁热打铁，崔普天马上申报了"高山小寒羊养殖基地"项目，要求上面批准立项。县畜牧局的朱局长感到很惊喜，如今要求发展绿色经济，过度养猪养鸡造成环境污染，搞得五水共治压力很大，发展高山小寒羊应该是条新路子。他对崔普天的立项报告很满意，觉得方案很专业。报告很快被通过，二十万元的扶持资金进了崔普天的腰包。朱局长特别交代，养殖基地建设、饲养高山小寒羊规模都要按项目可行性报告严格实施，到时要通过项目验收，如果验收不合格，是要进行经济处罚的。

这一回，崔普天是认认真真在养羊。他从山西涞源引进了二十对小寒羊做羊种，开始放养在延庆山村的前山岗。那山岗海拔高达一千五百多米，白云生处、重峦叠嶂、气温较低，对小寒羊的生长比较适宜。小寒羊妊娠五个月左右，一胎能产三至五头，养了半年多，从原来四十头发展成了一百多头。

崔普天本就爱吹，现在更是吹起来没边了。因为高山小寒羊还算是个新鲜事物，于是新闻媒体、兄弟县市、友好乡镇前来走亲参观的络绎不绝，崔普天这个养殖基地一下子名声在外了。上下左右一片点赞，崔普天更是人在棉花上飘飘然了。

俗话说，人算不如天算，计划赶不上变化。这一年，"厄尔尼诺"这个老兄在南方安营扎寨，搞得持续高温，崔普天那一百多头高山小寒羊快成了烤全羊、涮羊肉了，最后整个养殖场就剩下了七头最坚强的小寒羊。这个崔普天也是个奇葩，他心想，那二十万块他已经花得差不多了，能瞒一天是一天，于是他把手机关了，来了个人间蒸发。

畜牧局的朱局长本来也是长了个心眼的，隔三岔五就要到崔普天那里实地检查一番，后来见崔普天的高山小寒羊开始繁殖，小羊羔生长情况也好，就把心放到了肚子里。几天前，省里有关部门打来电话，说是专家组要来考察南方养殖高山小寒羊的情况。朱局长专程找到崔普天，把省里专家组要来考察的消息告诉他，让他做好准备。这崔普天是个老江湖，表面上不露声色，心想，不是还有七头久经考验的羊嘛，怎么都还是可以对付一阵子的。朱局长这次没上山，因为那山岗确实太高了，反正过几天还要来。

朱局长一走，崔普天心里就像孙悟空翻筋斗谋划开了。他口中哼着京剧："我正在城楼观山景，忽听得司马发来了兵……"他眉头一皱，计上心头，静候专家组的到来。

这一天，在朱局长的陪同下，新来的牛书记带领省里来的专家组乘坐面包车来到延庆山村，先到崔普天的高山小寒羊养殖基地办公室。崔普天早把办公室布置得井井有条，在展示厅里，他用电子大屏幕展示了小寒羊养殖场的布局，图文并茂地介绍了小寒羊引进、繁殖、发展的整个过程。崔普天向专家们介绍，今年罕见的高温是史无前例的，他的小寒羊品种优秀，经受住了严峻的考验，他采取了九条防暑降温措施，尤其是在高山羊舍安装空调进行物理降温，并在饲养方面每天喂小寒羊冰镇绿豆汤，发现小寒羊中暑后及时抢救并送到山上阴凉的岩洞中调养，等等。崔普天眉飞色舞地汇报了三个小时，专家们听得目瞪口呆，这究竟是养羊还是民政部门办的救助站，真是太奇妙了，崔普天不愧是个人才。

专家们很少到基层，看了电子屏幕上生动的介绍，听了崔普天的汇报很激动，当然重头戏是实地考察。

崔普天带着牛书记和省里专家开始上山去实地考察，山的确是又高又险，仿佛在白云生处。专家们年纪都大了，爬到半山腰，实在是吃不消了。崔普天向专家们介绍："高山小寒羊有七块放养区，很分散，在电子屏幕上都展示过了，这里距离第一放养区还有八百多米远。"这时，山林丛中响起此起彼伏的"咩咩"声、白晃晃的羊群时隐时现，朱局长也曾多次到实地考察，他对专家们说："崔普天养小寒羊是十分用心的，山实在太高、放养点又分散，我看就不要再上去了。"专家们也感到崔普天是个能人，又到了现场，再说看上去的确是有模有样，见到了羊，也听到了羊咩，算是尽到责了。大家正准备下山，这时，新来的牛书记说："大家等一下。"只见他从随身带的包中拿出一样东西，原来是一架高倍望远镜。牛书记突然拿出这样一件神器，的确是让崔普天大吃一惊。牛书记把望远镜递给了专家组的首席专家，这是位女士，六十多岁了。她拿起望远镜，慢慢地搜索着羊。对，确实是小寒羊，大寒羊公母都没有角，小寒羊公的有角，母的没有角，体躯较高，前后躯发育均匀，基本看不到羊尾巴。这些小寒羊的特征是糊弄不了专家的。看着看着，女专家突然惊呆了，有头羊的跟前竟然有一本书，女专家以为自己眼花了，再仔细搜索，前面七头羊的跟前没有书，越远的地方，那些时隐时现的羊群中好像真的有两只在低头看书，真是不看不知道，世界真奇妙，难不成崔普天养的羊与众不同，竟然有文化，会读书？这一发现不亚于平地惊雷，牛书记让朱局长和崔普天在前面带路，他要立马去羊群中检查一下这究竟是怎么回事。

山顶上的一幕让牛书记目瞪口呆，除了那七头小寒羊是真的，其余一百多头羊全是假货。原来，那天崔普天得知专家组要来考察，心想活人还能让尿憋死？赶紧花钱请专人准备了电子图像材料，拷贝了虚假的影像图片来瞒天过海。至于那些时隐时现的羊群，那是崔普天从延庆山村小学雇来的小学生。他答应给小学捐赠五千元活动经费，于是这百名小学生披上道具羊装，装扮成小羊上山了。

这群小学生当中，有两个是村里刘瘸子家的儿子，他们因为每天回家要帮家里干活，所以把书本也带上了山。牛书记他们上山的时候，他俩正趴在地上做作业呢。

牛书记看着做作业的那两个孩子，都十一二岁的人了，手脚细细的就像芦柴棒。牛书记摸了摸孩子的头说："这样吧，中午我们就去你们家吃饭。""这可不行，不能去他们家吃。"一旁的崔普天脸涨成了猪肝色，一下子跳了出来。"为什么不行？""村里……村里已经准备好午饭了。"崔普天说得支支吾吾。"就这么定了，我正想尝尝农家饭。"

到了刘瘸子家，牛书记才知道刘瘸子因为车祸丧失了劳动力，老婆也是残疾人，家徒四壁，耗子进来都得哭着出去。牛书记告诉刘瘸子，今天他饭就不吃了，改天再来吃。崔普天这时早已吓得三魂失去了两魂，他这次可真是鸡毛吹上天，大大地扬名了。

一个月后，今年的项目扶持款下来了，崔普天榜上无名，倒是刘瘸子一家得到了这个大大的馅饼，这可真是大姑娘坐轿子——头一回啊。

刘书记有本"受贿簿"

汤水根

　　刘子祥当选村党委书记时刚四十二岁。消息公布后，刘子祥的父亲不无担忧地嘱咐他说："子祥啊！我们家以前穷，全靠乡亲们帮衬着过日子，你现在当了书记，可千万不能忘本啊！"

　　刘子祥知道父亲在担心什么，他爽朗地回答说："阿爸，你放心，我当书记不为钱，如果是为了钱，我的沙发布厂每年都有两三百万元的收入，根本不需要当这个书记，我就是想帮乡亲们办点实实在在的事儿。"

　　父亲之所以这样嘱咐刘子祥是有原因的，他年轻时切除胆囊后常年有病，劳动力低下，刘子祥的母亲因为儿时小儿麻痹症落下了腿疾，走路都比较困难，逢年过节时都要靠乡邻的帮助和接济。刘子祥至今清楚地记得母亲的嘱托："等你长大了，能帮别人的事情，尽量帮帮别人。"

　　俗话说"知子莫若父"，父亲知道儿子说的是实话，也就放心了。谁知，仅一个月左右的时间，问题就出来了……

　　那天，父亲在村道上闲逛，碰到了老兄弟老方伯，聊了没几句，老方伯话锋一转，说："老兄弟呀！你儿子现在当了村书记，你可要交代他，手千万别乱伸。"

　　父亲笑嘻嘻地回答说："我的儿子我知道，他不会的。"

　　老方伯说："人是会变的，很多人当了几天官，听了几句奉承话，就不知道东南西北了。子祥是我看着长大的，知道他重情重义，当书记也是想给大家办点事，所以，我不想他出点啥纰漏呀！"

　　"老兄弟呀！你有话直说，千万别藏着掖着哦！"话都说到了这份儿上了，老方伯才吞吞吐吐地说出了事情的原委。

原来，刘子祥当了村党委书记后接手的第一项工作便是最难落实的拆迁工作。常言道："百姓、百姓，百条心。"这话不是没道理的，村里有好几个人竟然为了多得到一些拆迁款绞尽脑汁想办法。村里有个叫烂皮阿三的刺头儿，他找到刘子祥，希望评估的时候高抬贵手，想多弄点儿钞票。临走时，趁刘子祥不注意，烂皮阿三竟然偷偷地将一条高档香烟塞进了刘子祥的抽屉里。出了村，烂皮阿三还教唆好友阿贵也去给刘子祥送礼。阿贵反驳说："刘子祥可不是个贪财的人，你送钱和送东西，人家根本不放在眼里。"烂皮阿三鼻子里"哼"了声说："他要是不收，你们就当钉子户，看他这个书记能当几天。"

他们的话被阿贵的父亲也就是老方伯听了个清清楚楚。老方伯知道自己的儿子和烂皮阿三不干正事，又说服不了儿子，这才将事情原原本本地告诉了刘子祥的父亲。

天哪！他们这不是在逼儿子受贿吗？父亲颤颤巍巍地回到了家中，心事重重地看着电视。傍晚，刘子祥回到家，见父亲愁眉不展的样子，就问："阿爸，看你好像有什么心思呀？"

"子祥，要不，这书记咱就别干了，行吗？"父亲的语气里竟然满是恳求。

"阿爸，有什么事你就直说，我是你儿子，不用遮遮掩掩的。"父亲叹了口气说，"烂皮阿三是否给你送香烟了？"

"没呀！"刘子祥莫名其妙。

"他给你塞抽屉里了！你难道说不知道吗？"

"我明天看一下，如果真有，退给他就是了！"

"退不得，你要退了，他联络人当钉子户，你以后还怎么开展工作呀！"父亲说这话时，声音比刚才轻了不少。

刘子祥知道父亲说的有道理，他是土生土长的农村人，自然知道村里的情况。刘家村的人员结构比较复杂，刘子祥刚当书记，接手的又是最棘手的拆迁工作。小时候因为家里穷，受过不少人家的接济，现在人家找上门来了，送条香烟啥的，不收肯定被人骂白眼狼，也违背了当选书记的初衷，如果收了，自己也对不起党组织的培养，咱刘家世代清白也毁了，到时画虎不成反成猫，怎么向组织交代，怎么有脸去见刘家的列祖列宗！

想到这里，刘子祥一脸严肃地告诉父亲："阿爸！你放心吧，香烟的事，我一定会处理好的，乡亲们的事，只要合理合法，我一帮到底，违反党纪的事，我肯定不干！"

儿子的回答让父亲满意地点了点头，他用手指了指胸口："记着，你从小就为人正直，千万别因为当了干部而昧了良心。"说着，父亲站起身进了房间。

父亲的话深深地触动了刘子祥，他心里很清楚，自从拆迁工作开始后，找他的人各式各样，理由也千奇百怪，现在既要按照政策规定保证拆迁工作顺利进行，又要保证一碗水端平，不让老实人吃亏，更不能让刁钻者占了国家的便宜！

第二天早上，刘子祥到了办公室，打开抽屉一看，果然有条香烟。他拿起烟犹豫了一下，又放回了抽屉，然后去了街道办事处。

一个小时后，刘子祥满面春风地回来了，他将班子成员叫到了会议室，从包里拿出了一本练习簿，开始讨论这段时间的工作开展情况……

班子成员的主要任务是做拆迁户的思想工作，大家相互汇报了情况后，再次出发挨家挨户去做工作。

刘子祥去的是阿贵家。两人聊了几句家常，话题转到了拆迁补偿的问题上。阿贵偷偷地摸出个红包塞给刘子祥说："刘书记，拆迁是好事，但不能让我吃亏，我家的事，万望你多多照顾了。"

刘子祥也不推辞，笑着说："你放心，只要提前搬迁，我们肯定不会让你吃亏的。"

这一幕又让老方伯看了个清清楚楚，他暗自叹了口气出了门……

傍晚回家，父亲虎着脸坐在沙发上，一见儿子回来了，便问："你收红包了？"

"阿爸，你消息怎么那么灵通呀？"

"若要人不知，除非己莫为，你太让我失望了！"

刘子祥笑着坐到了父亲的身边，轻声地说出了自己的想法。渐渐地，父亲的脸开始舒展了，他问了句："这样干不违反规定吗？"

刘子祥叹了口气说："我早上向街道领导汇报过了，这也是没有办法的办法。阿爸，请相信你的儿子，等拆迁工作一结束，我肯定给你一个满意的交代。"父亲这才点头同意。

说也奇怪，从那天起，拆迁工作出奇顺利，竟然提前完成了。

开总结会议的那天，刘子祥从包里拿出了那本练习簿，语气有些沉重地说："村里这次拆迁工作，出现了一个奇怪的现象，不少钉子户给我送烟送酒，甚至还有人给我送红包。说白了，他们是对我工作的不信任，认为我只有拿了他们的好处，才能给他们办事。这种现象，值得我们好好反省。现在事都办好了，他们给的好处我都记在这个本子上，这个本子，我们就叫它'受贿本'吧！"

会议很快结束了，刘子祥和主任将本子上的东西放进了汽车的后备箱，挨家挨户地还给大家。他告诫大家，自己还准备了一本"行贿簿"，以后如果还有人给他送礼，一律记在"行贿簿"上，挂出来让大家看。这下，乡亲们谁也不敢给刘子祥送礼了，因为名字一旦上了"行贿簿"，面子也就丢光了。

眼下，刘子祥已经当了近十年的书记，先后当选为区劳动模范、区人大代表，还荣获区优秀共产党员等诸多荣誉称号。儿子也在他的影响下光荣地成了一名共产党员。遗憾的是，疫情期间，父亲病重，刘子祥因为忙于抗击疫情，没能见上父亲最后一面！

在送别老父亲的时候，刘子祥心里默默地念着：守住清廉的底线，无论权势、地位怎样变化，思想行动不能变，为人民服务的信念不能动摇；保持纯洁的本性，秉持优良的家风，为党和人民的事业扎扎实实地工作，鞠躬尽瘁。

他相信，自己的话，父亲一定能够听到！

给书记写信

王云良

　　彭家乡很大，是半山区原来三个乡合并的，方圆百里。彭家乡有个彭家村，村里有条小河，名叫彭家河。河旁边的小巷里，有一个流动菜市场，那是村民自己摆出来的，城管一直取缔不了。市场一天到晚人声鼎沸，而且垃圾遍布、臭气熏鼻，门前那条彭家河也污染严重。为此，村民曾跑过乡里，也跑过城管和工商，可天高皇帝远，一直解决不了，事情就一直拖着。彭家河旁边还有一所学校，学生们就在噪音和臭气里上课。

　　这天下午，退休村民老张回家，穿过菜市场的小巷时，踩到烂菜叶子滑了一跤，疼得龇牙咧嘴，差点断了老骨头。

　　"这菜市场怎么还不搬走呢？"他埋怨着。这时，老张听到了一个菜贩的收音机里正在说领导在哪里检查工作，要求怎么怎么样。老张灵机一动：我去找领导不方便，不如我给领导写封信，反映一下这菜市场的情况。我悄悄地写，也不对别人说，如果没有回音，我就只当没写过。

　　信写给谁呢？对，乡书记最大，就写给乡书记。乡书记叫什么？他不知道，也不去问问，就写上乡书记。老张来到邮局，买了邮票和信封，把信塞进了信箱，就死马当活马医。

　　没想到，第三天流动菜市场这里搞了紧急大扫除。村主任喜滋滋地说："乡里要解决菜市场的问题了！"老张听了笑了。

　　那天村主任领着乡书记在村里看了一遍。果然，菜市场在第二天就销声匿迹了，臭气闻不到了，小巷安静了。

　　老张开始不想把自己写信给乡书记的事说出去，但后来还是按捺不住喜悦把这事说了出去。老哥们都十分佩服他的勇敢,老张几乎成了他们心目中的英雄。

有一天,一个邻居向老张提议说:"咱们这里地处村中心,家门口的彭家河却是脏兮兮的,特别是到了热天,那是臭气冲天啊,不仅我们觉得难闻,过路的人都捂着鼻子,你向乡书记提议给这条彭家河治理一下吧!"老张觉得意见不错,写了信塞进了邮箱。过了十天左右,竟然来了一个副乡长!他宣布了一个激动人心的消息:无论乡财政如何紧张,就是不吃不喝,也要还村民门前的这条河以清澈!

村民一片沸腾,老张尤其兴高采烈。老张想:"乡书记为我们做了这么多的好事,我再给他写一封感谢信吧。"

信写好了,信上说:"原来我们以为乡书记离我们很遥远,可现在我们发现,您离我们很近很近,您的心一直跟我们在一起跳动,就像我们的亲人一样……"

没多久,老张收到乡书记的回信。乡书记对自己工作的不足表示了歉意,对老张关心群众生活和乡建设的举动表示感谢,还鼓励他以后继续监督他的工作,继续向他反映所遇到的问题。乡书记最后说:"我希望能做你的好朋友,一同来建设我们共同的家园!"

后来的一天,有人在议论乡领导在彭家河治理中收了人家五万元的回扣。老张很生气地说:"不可能!即便有也不会是乡书记!"那些人不开心了,问他:你是不是乡书记的什么人,这样相信他?

老张蔫了,回家翻来覆去睡不着觉,半夜里又写信。

他写道:"乡书记,我不相信……这一定是谣言!我相信您永远是一个好乡书记,永远是老百姓的好公仆,永远是我尊敬的人……"

信发出后,老张心急地等回音。可一直等了半个月,乡书记一点消息都没有。

又过了一个星期,老张收到了乡书记的回信:"你好!我是带着你的信走向党校培训之路的。这封信我不知道看了多少遍,给我带来了很大的震动,使我想了很多很多!我只想对你说:请相信我!我是不会令你失望的!谢谢你!如此爱护我的老张朋友。"

看完信,老张心里的一块石头终于落了地。从今以后,不管别人说什么,他都会站在乡书记一边。后来家门前的河治理了,河水又变清澈了。乡书记还亲自赶来,与村民一起在河里放养鱼苗。老张也去参加了放养鱼苗,还看到了乡书记,可是乡书记没有提起关于写信的事,也没有打听谁是老张,老张很失望。

这事就这么过去了,老张并不是要得什么功劳。没想到,半年后,村主任带了一个干部模样的人来找他，说是乡党办主任。他要调走了，调任其他乡的副乡长，是来找他道别的。老张云里雾里，心想，我又不认识乡党办主任。

说了老半天，老张明白了，他写给乡书记的信，全是这位乡党办主任在处理……

乡党办主任握着老张的手说："一直想找机会让乡书记谢您一下，就是没有合适的时候。其实乡书记的事就是我们全乡人的事，更是我们党办人的事，协调好各个部门，给领导做好参谋，都是我们应该做的事。谢谢您，是您提醒了我！"

师恩如山

孙冬芬

　　十二岁那年，一次偶然的经历，确定了孟经纬的人生坐标。孟经纬的姑妈在一家拍卖行里做清洁工，这天，孟经纬去姑妈那里传个信，正好拍卖行在进行一场书画拍卖。孟经纬躲在角落里，看着那些书画几万元、几十万元地被一些买家买走。尤其是一个名叫李伯川的画家的一幅题名《争鸣》的画，在孟经纬看来，也就是一棵树上两只张嘴在叫的小鸟，竟然拍出了一百万元的高价。孟经纬就想，他父母辛辛苦苦在厂里干一个月，加起来也不到一万元，但这么一幅画，就抵得上他父母干上八年多的收入。于是孟经纬就决定，他要做一个画家，赚大钱。

　　好在孟经纬是独子，父母也对他寄予厚望，既然他有如此宏大的志向，他们也都全力支持。于是，孟经纬此后的生活和学习就全都围绕着学画这个中心在转，上培训班啊，请辅导老师啊，钱自然也投进去不少。十八岁那年高考，他如愿以偿地考进了美术学院。进了美院后，孟经纬才知道，原来那个李伯川就是本校的教授，当代著名画家，尤其擅长画鸟，难怪一幅两只小鸟的画能拍出一百万元的高价。这以后孟经纬就把李伯川当成自己的偶像，虽然李伯川是大画家，不具体带学生，孟经纬在整个大学期间也只是听了他的几次大课，却不妨碍孟经纬向自己的目标努力。他千方百计地找来李伯川的画册，认真地临摹，等到毕业时，他自以为已经学到了李伯川的一些"皮毛"，于是就精心地画了一幅花鸟画，拿到艺术品市场去，想卖给那些书画店的老板，从此开始他卖画赚钱的人生。可是令他失望的是，他跑遍了整个市场，最慷慨的一个老板也只给出了五十元的报价，而且还要等画卖出去后再给钱。那个老板显然是位行家，一眼就看出孟经纬的画学的是李伯川。他告诉孟经纬，光靠对着画册临摹是学不好的，必须要拜李伯川为师，当面聆听他的教诲，才能最终学到他的画中精髓。

孟经纬这才知道，卖画赚钱，继而以画谋生这条路，短期内是行不通了。五十元一幅画，那还不如像父母那样去打工呢。但所谓开弓没有回头箭，他都已经入了这一行了，如果要改行，又得从头学起，而且很可能得不偿失，所以他又千方百计地托关系找门路，想要成为李大师的入室弟子。后来总算是皇天不负有心人，通过一位有地位的远房亲戚的推荐，李大师终于答应收他为徒了。

拜师仪式后，李伯川给了他两个任务：第一，每天去动物园的飞禽馆看鸟，看得越仔细越好，要把各种鸟的动作、眼神印入脑海，直到呼之欲出；第二，每星期交一张习作。大师毕竟是大师，孟经纬每次交习作给他，他都会点评几句，话虽然不多，却句句切中要害，孟经纬按照他的教导去做，果然技艺大进。三年以后，连他自己都觉得，他的画中已有了部分李大师的神韵。

有一次，孟经纬无意中发现，李伯川卖出的一幅画竟然是他交上去的习作，只不过是在原画的基础上添加了几笔。孟经纬心里就有些不爽，但考虑到以大师的功力，添加的那几笔，或许正好起到了"点石成金"的作用，所以他也没说什么，只不过心里却暗暗地留了意。这以后果然又发现了几次类似的事。孟经纬很生气，也终于忍不住了，于是找了个机会，对李伯川说："李老师，你上次卖出去那幅《画眉》，我好像也画过一幅相同的。"使孟经纬没想到的是，李伯川竟然大言不惭地说："哦，那幅画就是你的，我看着还不错，就修改了一下。"说这话时他居然连脸都不红，好像理所当然似的。不过经孟经纬这么提点了一下毕竟还是有作用的，一段时间后，李伯川在选用他的习作时，在自己的名字后面也加上了孟经纬的名字，所得的卖画款也分给了孟经纬一些。但孟经纬知道，那只不过是画款中的很小一部分。他觉得李伯川既贪又不要脸，画艺虽高，人品却差，因此在心里就与李伯川有了隔阂。

又过了一段时间，一位港商模样的人找到孟经纬，并道明了来意。原来他是个从事书画买卖的商人。李伯川早已名闻遐迩，因此他的画在港澳台地区及东南亚一带很受欢迎，也卖得出好价钱。但是由于年龄的关系，李伯川画得已经不多了，对打入境外市场也不感兴趣，尤其是对于黑市交易，更是坚决反对，给的钱再多也不行。于是他们就想另辟蹊径，找人模仿李伯川的画，从中牟利。听到这里，孟经纬也大致明白是怎么回事了，说："依你们的意思，是不是要我模仿李先生的画，再以李先生的名义去港澳台及东南亚市场出售？"

　　那人说："是的，我们已经观察了很久，发现你的画和李大师的画相似度很高，所以才来找你合作。当然了，我们也不会亏待你，准备以每幅画五百元的价格向你收购。你考虑一下，这可是个双赢的局面。"孟经纬在心里粗略地算了一下，以这样的价格，如果一天画一幅的话，一个月就有一万五千元的收入，虽然不算高收入，但至少他可以回报父母了。为了他学画，父母投入了那么多，他不能老是让他们看不到希望啊。孟经纬当然也知道，他这么做对不起老师，但那也是老师先把他的画拿去签上自己的名字来出售，他只不过是以牙还牙罢了。于是孟经纬就和那个港商达成了协议。从此，他的画就以李伯川的名义，源源不断地流入了港澳台地区及东南亚的黑市。

　　但是孟经纬却不知道，现在港澳台等地的书画市场，即使是黑市，与内地也都是有消息互通的。那边李伯川的画作突然多了起来，当然就引起了重视，况且那边也是有行家的，他们经过鉴定，发现这些都是赝品，于是就开始追查。这种事一旦被查实了，后果是很严重的，你想想，一些人花高价自以为买到了李伯川的画，结果却被告知是赝品，值不了多少钱，他们会饶了你吗？但是那些贩卖假画的商人也都是成了精的老甲鱼，早就已经切断了所有追查的线索，所以作为源头的孟经纬也没有受到任何牵连，只不过是断了一条财路而已。不久，假作也传到了李伯川的手上。李伯川是明眼人，他一眼就看出，这些画都是出自自己的学生孟经纬之手，但他却对别人说，这事过去了也就算了，他不想再追究。在这件事上，李伯川是直接的受害者，既然他都说不追究了，这事也就不了了之了，而孟经纬却根本不知道是李伯川挽救了他。

　　之后，李伯川就像什么事也没发生过一样，仍然让孟经纬每星期交一张习作，并将其中的几张习作署上他自己和孟经纬的名字出售。渐渐地，孟经纬的名字在美术界已被越来越多的人所熟悉，大家也都知道了，李伯川还有这样一位高足。就在这时，李伯川筹办了一次画展，名称就叫"李伯川、孟经纬师徒画展"。在画展上展出的画作，孟经纬的画都单独署上了他自己的名字，而且数量占到了百分之七十。参观的人也都不吝赞美之词，说孟经纬的画已经深得乃师之神韵，只是火候差了一些而已，听得孟经纬心里美滋滋的。但他不知道的是，几位美术界的重量级人物来看了后却并没有说什么，只是悄悄地向李伯川伸出了大拇指，赞扬他在提携后辈上的不遗余力。

　　通过这次画展，孟经纬的画卖出了比较好的价钱，而且也有画廊和书画店向他订画了。对此，孟经纬很感激李伯川，而且他还知道，为了办这场画展，李伯川花了不少钱，却一分都没要他分担，可是他以前却还和老师斤斤计较，甚至还做了对不起老师的事。满怀愧疚的孟经纬终于鼓起勇气，原原本本地向李伯川坦白了他冒名向港商出售仿画的事。李伯川听后风轻云淡地说："这事我早就知道了。你在画画方面是有天赋的，但是太急于求成。其实在书画市场上，有几个买主是真正懂画的？尤其是那些一掷千金的富豪，买画无非就是为了附庸风雅，给自己贴贴金，所以他们买画时只看名气，没有名气的人即使画得再好，他们都不屑一顾。如果说每个领域都有规则的话，这就是画坛的潜规则，所以我一开始把你的习作署我的名字出售，是想测试一下市场的'风向标'，之后由我们共同署名，就是要让大家渐渐地熟悉你的名字，直到举办这次画展，把你推到台前。至此，我已经尽力，以后的路就要靠你自己走了。"

孟经纬这才明白了老师一直以来对他的良苦用心，一股暖流涌上心田，他的眼睛湿润了，脑海中闪现出了四个大字——师恩如山。

接 班

高 烽

　　"快手小全"大名全成，十二岁，是个孤儿。七岁时，全成被扒手头目瘸腿刘看中，收入门下，于是也成了一名扒手。不过全成那"快手小全"的称谓可不是浪得虚名，他能将师兄弟们刚扒到的皮夹瞬间收入自己的囊中，而且对方还毫无察觉。至于那些反扒人员，他更是不把他们放在眼里，因为他的手比他们的眼睛更快，正所谓眼睛一眨，老母鸡变鸭，所以自出道以来，他还从来没做过派出所的"座上宾"。

　　可是"常在河边走，哪有不湿鞋"，这一次"快手小全"就栽了。那是一个略显闷热的阴天，在人头攒动的小商品市场里，小全的目标是一个四十多岁的中年妇女。这女人拎着一只精致的坤包，买了东西后，就从坤包里掏出皮夹，付完账后再把皮夹放回坤包里。对这样的人行窃对小全来说简直是小菜一碟，那女人刚把皮夹放回坤包，另一只手去拿买好的内衣时，皮夹就已经到了小全的手里，神不知鬼不觉。像这样成功的行动小全已经经历过无数次，从未失手，可是这一次，还没等他将皮夹转移出去，就被一个穿警服的人像老鹰捉小鸡似的一把抓住了。这个人小全认识，是派出所的吴所长。小全心想，这不可能啊，这个吴所长瘸腿刘他们都了解过，并不是反扒人员出身，也从没听说过有什么显赫的反扒业绩，而自己又怎么会栽在他的手里呢？最后他得出的结论是，在偶然的情况下，他凑巧被吴所长发现了，就怪自己的运气不好。小全因为以前从未被抓过，这次是"初犯"，再加上是未成年，所以被教育了一通后，吴所长就把他放了。

　　小全自然不会就此罢手。这一次是在水产批发市场，目标是一个鱼摊老板。

这里的人都很凶，小偷如果被抓住了，当场就会被打个半死，所以一般的扒手都不敢来，但是小全不怕，这也是所谓的艺高人胆大吧。鱼老板的腰上系着个腰包，收一票钱就往腰包里塞，忙活中他似乎感觉到腰包被动了一下，立刻警觉地伸手一摸，发现腰包还在，就放了心。其实这时小全已经得手，他只是拿了腰包里的一小部分钱。像这种水产批发老板，做一天生意进出都有几万元，腰包塞得鼓鼓的，偷走一小部分根本察觉不到，而且生意这么忙，也不可能当即就开包核算，但就是这一小部分，也足足有几百上千。这也正是小全的聪明之处。

小全的心情很愉快，甚至还露出了得意的微笑，可是当他走出市场大门后，却又被人抓了个正着，而且看到这个抓他的反扒人员，他简直都快哭出来了。这个人他以前根本没放在眼里过，说得难听点，他就是当着这个人的面行窃，他都发现不了，而这一次竟然在阴沟里翻船了。小全怎么也想不通，到了派出所后，终于忍不住问："你是怎么发现我的？"

那个反扒人员哈哈一笑说："不是我发现的，是他。"小全顺着他的目光看去，这才看到，屋里还有一个人。这是一个年近花甲的老头儿，干瘦干瘦的，其貌不扬，却双眼有神。小全觉得这人有些面熟，努力一想，记起来了，这些日子经常看到这个人在他周围转，原来他早就在盯着自己了。老头儿对小全说："现在有两条路任你选：一条是跟我回去，你将会有一个温暖的家，从此衣食无忧，另一条是去少管所。你二次被抓，已经算是惯犯，完全可以把你送进少管所。你自己选择吧。"小全选择了第一条路。

就这样，小全跟着老头儿到了省城，还真的过上了衣食无忧的生活。老头儿要小全叫他爷爷，家里还有奶奶，也是个很慈祥的老太太。他们还送他去读书。只不过小全心里始终有一个疑问，为什么他每次行窃都会被爷爷发现？市场里人来人往，爷爷又不在他身边，他是怎么发现的呢？这天，他终于把这个疑问说了出来。爷爷似乎早就知道他会问这个问题，笑了笑说："因为你的手和眼没有我快，我看你就像在看电影里的慢动作一样，当然很容易就发现了。"

这一说小全就不服气了，他可是"快手小全"啊，手眼之快在扒手中都是数一数二的，而一个花甲老头儿，居然说比他还快。爷爷似乎又看出了他心中的疑惑，说："你是不是很不服气？要不我们来比试比试？"

小全说："好啊，怎么比？"爷爷就拿来两个袋子，里面都是花花绿绿的玻璃弹珠，又拿来一个带架子的金属瓶子，瓶口塞着木塞。他在瓶子下点上酒精灯，对小全说："等到蒸汽将木塞冲向空中的时候，我们就开始用两根手指将弹珠一颗一颗地往盘子里夹，到木塞落地为止，夹得多的人为胜，你看如何？"小全心想，两根手指夹东西那可是自己的强项，是经过千锤百炼的，你要和我比这个，那不是班门弄斧吗，就信心十足地答应了。爷爷让小全选了一个袋子，再拿来两个盘子，一人一个。不一会儿，酒精灯将金属瓶子里的水烧开了，只听得"嘭"的一声，水蒸气将瓶塞冲到空中的同时，小全就使出浑身解数，往盘子里夹玻璃弹珠。瓶塞从飞起到落地的时间，一共也只有两三秒钟，小全看了一下自己的战果，他夹了九颗弹珠，觉得已经是很快了，但当他看了爷爷的盘子后，不禁大吃一惊——这么点时间，爷爷竟然夹了十四颗弹珠，这才心服口服。这以后除了上学，爷爷就要小全练习夹弹珠，而且给他定下的目标是，一定要他超过自己。

光阴如箭，转眼间小全已经十六岁了。通过读书学习，他认识到了以前扒窃行为的可耻，庆幸自己遇到了一个这么好的爷爷，将他带离了"泥坑"，所以对爷爷布置的功课，刻苦练习，渐渐地也已经能和爷爷一较高下了。这天，小全放学回家路过解放桥时，看到有个十三四岁的小姑娘坐在桥上哭，旁边围着一群人。小全挤进人群，听到了人们和小姑娘的对话。小姑娘说她名叫柔柔，她的父亲生病住院，她母亲砸锅卖铁才凑齐了一万块钱，让她去给父亲交住院费，可谁知医院还没到，这一万块钱就让扒手给偷走了。她感到无颜面对身罹重病的父亲和心力交瘁的母亲，就想从解放桥上跳下去一死了之，幸而被路过的人拉住了。听了柔柔的遭遇，小全是既愤怒又羞愧，才知道扒窃竟然会害死人。这时，路人们开始为柔柔捐款，虽然大家都慷慨解囊，但捐出的那几百元钱根本解决不了她的问题。小全觉得，他也应该为柔柔做些什么，一来能帮助柔柔，二来也算是为自己的过去赎罪吧。他向柔柔询问了她刚才经过的路线，以及什么时候发现钱被窃的，疑点可能出在某个影城的门口，因为影城门口的人流量比较大，尤其是当一场热门电影散场时，观众像潮水一样涌出来，这是扒手们最喜欢的场景。小全和柔柔一起来到影城门外，以曾经的"专业"眼光，小全不久就发现了两个混在人群中的扒手，一开始他曾想等那两个扒手得手后，再将得手的皮夹从他们的身上再扒过来，将钱交给柔柔，但后来一想，他虽然是从扒手身上取得不义之财，但扒手也是从别人身上扒来的，他这么做或许能帮上柔柔，却又多了其他受害者，他不是又重新回到老路上去了吗，而且这样也太对不起爷爷了。于是他就去了派出所，协助反扒人员抓住了那两个扒手，并且追回了柔柔的一万元钱。

爷爷知道了这件事后，欣慰地说："孩子，你做得很好，现在我可以放心地让你来接我的班了。"

"接什么班？"小全问道。爷爷没有回答，而是给小全放了一段录像。这是一场魔术表演，名称叫"璀璨星河"，表演者用不可思议的快速神奇手法，将一颗颗玻璃弹珠变成星星，镶上天幕，甚至还变出了一个又大又圆的月亮，然后灯光转暗，满台星光灿烂，精美绝伦。表演这个节目的魔术师虽然只有四十岁左右，但小全还是一眼就认出是年轻时的爷爷，而那个漂亮的女助手就是奶奶。小全这才知道，爷爷为什么一直都要他勤练夹玻璃弹珠了。原来爷爷名叫吴金桥，是位著名的魔术师，他表演的大型魔术《璀璨星河》，曾获得亚洲魔术节的一等奖，为国家争了光。可是随着年龄的增长，吴金桥觉得自己的手没有以前快了，表演《璀璨星河》这个节目也开始变得有些力不从心。他不忍心眼看着这个凝聚了他大半生心血的节目失传，就想找一个接班人。可是这个想法虽好，实现起来却谈何容易，虽然眼快手快经过刻苦的训练是可以做到的，但要快到堪称神奇的程度，则非得有先天的异能不可。那次吴金桥到儿子任派出所所长的那座城市去玩，无意中发现了正在扒窃的小全，于是就有了前面所讲述的故事。

三年以后，金牌魔术节目《璀璨星河》重返舞台，表演者为不到二十岁的青年魔术师全成，而那个漂亮的女助手就是柔柔。

亲 娘

吴少星

老张退休一年了，可是这一年他一刻也没闲着，既不是忙着带孙子，也不是忙着跳广场舞，他天天忙着的是到处张贴寻人启事。自己所在地市已经跑遍，他还在网上发帖子，只为寻找自己失踪了的老娘。

老张的娘失踪那个月，老张正好要准备退休，他都想好了，等自己退休了就回老家，天天陪娘种种菜、烧烧饭，简简单单、平平淡淡，让老人享天伦之乐。老张全名叫张念林，还没出生，父亲就因为意外离开了人世，母亲为了纪念父亲，给他起名念林。父亲过世后，老张的母亲怕孩子吃苦，也没再改嫁，一个人吃尽了苦头，把儿子拉扯大，供吃供喝供读书。念林他娘从小教育他要好好学习，为人要多做好事。念林也特别争气，不仅考上了大学，还被学校看重，毕业时留在了学校，做了大学教师。那天念林抑制不住兴奋把这个消息带回家，推开门就说给母亲听，母亲激动得流出了眼泪："我儿子出息了！出息了！"一边拿衣角擦着眼泪，再之后便是满脸的失落，好男儿志在四方，母亲都懂，儿子都大了，不能把他一辈子捆在身边。

过了几年，老张买了房、安了家，便想把母亲接到自己身边照顾，可是老张嘴皮子都磨破了，母亲始终只有一句话："儿啊，我不去！"老张拗不过母亲，只好作罢，想母亲可能是舍不得离开那片故土。

每逢寒暑假，老张就回家看母亲，可终究有工作在身，在家里待上十天半个月已经很好了。后来老张做了校长，回家的时间更少了，他就想快点退休，带着妻子回老家，弥补自己这么多年对母亲的亏欠。

谁知就在办理退休手续的那几天，他突然接到邻居王大嫂的电话："小林，大事不好了！你娘找不到了，电话也打不通！"

　　老张心里"咯噔"一下，母亲八十多岁了，能去哪里？他连夜开车回了老家。家门外停着一辆警车，警灯一闪一闪的，老张下车来，腿一软差点摔跤。邻居见老张回来，都围上来，隔壁大嫂说："早上还碰到她，她说去翻那点菜地！"

　　李家阿婆说："我在田里见到她了，还说你马上就要回来了。可是，她在田里干了一会儿就回家了！"

　　老张一直以来托隔壁王大嫂多照顾一下自己母亲，王大嫂说："中午就没见你娘，我以为她去哪里溜达了，结果天黑了还没回来，就赶紧给你打电话！"

　　邻居们你一言我一语议论着，民警把老张叫过去登记了信息之后，开始组织警力在附近搜索。老张和邻居们也分成小组，到母亲经常去的地方寻找……

　　这一找便是半年。"半年了，娘，你还好吗？"老张和妻子坐在大门口。自从娘走丢后，老张每天晚上都会在门口坐到10点，想着说不定哪天自己的娘会走回家。"没有消息就是好消息。"妻子安慰他。老张长叹一口气："希望如此吧！"

　　妻子拉着老张说："10点多了，走吧，进屋吧！"老张站起来，准备关上大门，突然看到门外的路上有一个黑影在蹒跚挪动，不禁疑惑：谁这么晚了还在外面？盯着影子多看了几眼，只见微弱的路灯下一个蓬头垢面的老太太，手里拿着一根棍子当拐杖，身上衣服已经破烂不堪。

　　老张心头一紧，飞奔出去："娘，娘，娘你回来了？""扑通"一声跪倒在老太跟前。

　　第二天，老张找到母亲的消息迅速传遍了整个村子。王大嫂一大早就过来看望，老张说娘还没睡醒。到近中午时分，王大嫂、李家阿婆还有几个近亲都过来了，老张把大家拦在门外，交代大家不要问过去的事情，老人在外流浪，脑子受了刺激，人也不认识，脑子也不清楚。众人连忙点头，老张这才把娘请出来，只见老太太一头短发，身穿红色上衣，十分瘦削，拄着拐杖走起来颤颤巍巍的。

　　老张拿把太师椅扶老太太坐定，众人赶紧围上去，也不敢多问，只是说着："回来就好，在家里不会受苦了，让念林多给你做点好吃的，在外面吃了不少苦吧，人都瘦得变了模样。"老张忙说："是啊，瘦得样子都变了！不过这颗痣，就是我妈的招牌。"众人一看，忙点头称是。

　　老太太自顾自地笑着，不跟他们搭话，偶尔会满脸紧张地站起来寻找东西，嘴里喊着："儿啊，我的儿！"这时念林就会连忙应答："娘，儿子在。"老太听到念林回复，才会平静下来继续笑呵呵地坐下。

　　老张盼望已久的娘回来了，自然照顾得无微不至，白天寸步不离，晚上在娘的床边搭了一张床，只要一有动静，老张就起来查看，总怕自己的娘有什么不适。在老张夫妻俩的照料下，老太太也渐渐精神起来，不仅脸上长了肉，脸色也红润了很多。

　　两个月过去了，老太太开始经常对着儿子说："儿啊，好人！谢谢！"邻居们看见老太这么客气，劝说道："老嫂子，自己儿子，不用这么客气的！"

　　这天，老张陪着娘坐在屋檐下晒太阳，只见一辆警车停在了大门口，走下来两位警察，径直走向老张，礼貌地与他握了手。

　　"找到了是吗？"老张一脸失落地问。

　　"是的，老太太家里人下午就来接！"警察看了一眼老太太对老张说，"这段时间很感谢你，看得出来，你把老太太照顾得很好！我们跟家属也说了情况，他们要登门感谢！"

　　"警察同志，你们直接把她接走吧，家属的心意我领了，希望你们也能理解……"六十多岁的老张已经红了眼眶，他不想触景生情。

　　老太太带着东西上了车，拉着老张的手，嘴里不停说着："儿啊，好人，谢谢！"

　　邻居们看着都傻了眼，拉着老张问怎么回事。老张看着警车越走越远，默不作声地回了家。

　　其实这个老太太并不是老张的娘，虽然脸上这颗痣长得跟老张母亲一样，但自己的亲娘他是不会认错的。那晚老张真的以为是自己母亲回来了，可把她接回家里仔细一看，才发现自己搞错了，但是老张一直记得母亲叫自己多行善，看这位在外流浪的老人是那么可怜，就暂时收留了她。老张一边报了警，一边留下了这个"娘"！

　　日子就这样过了一年，这一天，老张站在楼上，看着窗外自己和娘一起掘出的菜地，又想起了娘，他希望自己的娘也能像老太太一样，被好心人收养。就在这时，老张的手机突然响了，当他接起之时，只听话筒里传来派出所李警官的声音："老张，这个老太太肯定是你娘，快来派出所一趟！"这一年里老张不知接到过派出所多少个这样的电话，开始是惊喜，后来便是失望。但每一次的失望都没有使老张气馁，这一次也一样，他赶紧开车朝派出所而去。

　　接近中午，老张的车停在了家门口，只见老张夫妻俩从车上搀扶下一位脸上有痣的老太太，邻居们都围了上来一个劲地说："念林他亲娘，你终于回来啦！"

"名画"风波

王晓晟

秋日午后，西城经济开发区一隅，处处塔吊矗立、机器轰鸣，一派繁忙的建设景象。有几只鸟掠过塔吊和楼宇，寻找着栖息的地方，远处的云正从天际涌来。这里正是开发区新的扩面区块——太平村。

村委会办公楼里正在忙碌着，一个身着白衬衫的精干汉子指挥着人们布置场地。他抬头一望好像在窗外看见了一个身影，便转身推门走了出来。一个西装革履、戴着金丝眼镜的男子走过来。

"都准备好了？"

"全部搞定啦！"

"今天上头有人要来哦。"

"放心啦，冇问题啦。"

简短的交谈后，两人相视会心一笑。

村委会办公楼里，盘根错节的老樟树上，知了正在演奏着最后的狂欢。一阵清风吹来，打断了树梢的蝉鸣，也吹得楼前的红色横幅啪啪作响，上面红纸黑字贴着一行字"顺旺房产项目渣土工程开标室"。

此时，西城区区长马力正带着秘书小赵，还有随行的媒体记者，在驱车赶往太平村的路上。车上的电视台记者老李和区长很熟，他问道："马区长，我跟着您开过会、奠过基，今天跟您去开标可是头一回啊！"后排的其他两个记者也说："就是呀，还是去一个村。"马力哈哈一笑说："第一次才是真正的新闻嘛。"正聊着，小赵的手机响了，他看完短信脸色一变，立马俯下身在领导耳边一阵低语，然后忐忑地等待着回应。马力拍着扶手说了一句："去吧，我倒要看看钱军这小子排了一出什么戏！"

车厢里的空气突然凝固起来……

话说此时，太平村里正悄然掀起一阵波澜。一辆轿车徐徐驶在村道上，车里有人手持喇叭不断喊着，隐隐约约能听到小喇叭喊的声音："巨额贿赂！""官商勾结！"越来越多的村民会聚成群，人群在交谈、惊讶、愤怒，跟着轿车向着村委会办公楼走来。

等到马力一行赶到村委会办公楼，人群已经挤满了大院。马力黑着脸，手一挥，随行的人都跟了进去。

走进了开标室，参加投标的、看热闹的乌泱泱坐了一片。主席台上，一群人正在叫着嚷着："不能开标，暗箱操作，还我公平！"

只见有两个人正被包围在台下的村民中间，其中穿着灰色西装的人，一只手扶着眼镜，领带被人揪着，几个大爷大妈指着他，唾沫横飞。在村民嘈杂的乡音中，另外那个穿白衬衫的人还在努力地劝说着，他独特的口音显得格外突出："我滴个娘嘞，大爷大妈有话好好说。"

开标室里乱成了一锅粥。

马力侧身挤过人群，大步走上主席台，一把抓起话筒喊道："大家听好，我就是区长！"主席台上的那群人见势停止了叫嚷，全部溜下台站到了人群中。

马力狠狠地瞪了台下一眼，接着讲："太平村啊，不太平！我倒要看看是谁在作祟！"

他洪亮的声音让喧闹的现场一时静了下来。

只有窗外的知了还刺耳地叫着。

"我的区长大人啊！我是太平村七组组长苏有才，我们七组一百多户人家就指望您给个公道了！"村民中一个声音响了起来。

赵秘书在一旁打断："什么大人，穿越剧看多了吧，有事说事！"

苏有才像是被赵秘书的态度给激怒了，突然变了脸，蹦了起来，直着脖子喊道："区长，这个'江北佬'有问题！他受贿！出阴招！下午的标不能开！"

他身边几个人七嘴八舌附和着："大家来看看啊，记者过来吧，我们有新闻爆料。"

"开发商行贿，有人收了好处，明着开标，暗中出卖老百姓的利益！"

那个穿白衬衫的汉子上前指着苏有才说："你们公开场合造谣生事可是要追究责任的。"

苏有才身边有人冲他冷笑着说："钱局长紧张什么？莫非你有份？"

主席台上，马力一拍桌子喝道："钱军，你让他继续说。"

苏有才颇有几分得意地走到主席台边说："大人英明！您看空口无凭，我有证据。"他打开手机视频摆到了马力面前，边上黑压压的脑袋围上来一圈。

就看到手机屏幕上清晰地播放着：一个房间窗前，两个人正围坐在桌边，其中那个"灰西装"从身边的包里抽出了一卷物件双手递给了"白衬衫"，"白衬衫"迟疑片刻接过展开，应该是幅卷轴画，"灰西装"凑上去指点几下，两个人相视一笑交流起来。这时门开了，有个穿旗袍的服务员端着茶食进来，"白衬衫"笑着握了握对方的手，又把画卷好，弯腰塞进了自己的背包……

看着看着，人群中发出了越来越多质疑的声音。

"你们从哪里偷拍来的？"赵秘书问道，他已经认出了视频里的"白衬衫"正是站在大家眼前的驻村指导员、区城管局副局长钱军。

有人应道："凑巧拍到的！"

钱军气愤地问："你们还盯梢？"

"我们太平村群众觉悟高啊。"苏有才一边回答，一边得意扬扬地晃悠着脑袋。

钱军追问："那又说明什么呢？"

一个女人尖声地叫了起来："什么？你收了什么，你不知道吗？你个'江北佬'表面一套，背后一套，自己发财捞饱。"

苏有才在一旁补充道："这是我表妹，茶楼的帮工，那个端茶点进去的服务员就是她。"

一旁苏有才的表妹激动地说："对！他们今天中午来我们店，当时我可是听得清清楚楚，'江北佬'自己在说这是一幅名画哦！"

马力心里一抽，摸出了烟点上，深深地吞吐了一口，一阵弥漫的烟雾把他笼罩起来。

赵秘书担心地看了他一眼，俯身报告："纪检组的人到了。"

马力说："来得正好！"

这时，苏有才的表妹指着主席台桌边的背包兴奋得叫了起来："喏，中午他背的就是这只包，里面装了什么东西，敢不敢给大家亮亮。"所有人的目光都聚焦到了一起。

马力站了起来，纪检组的人也已经围到主席台前。苏有才瞥了同伴一眼，几个手机立刻开始录像。

这时，那个戴着金丝边眼镜的男子好不容易挣脱了身边纠缠的人，整了整西装挤到了台前，双手抱拳说道："各位各位，林某人是顺旺项目的总经理。有人打电话恐吓我，钱局长便亲自来开标……"

苏有才突然用力把他推开，身后几个人不约而同地喊了起来："打开！打开！亮亮！"

钱军上前扶住了林总经理说："乖乖隆地咚！苏有才，你们可真是太有才了。"只见他拉开包，猛地抽出卷轴，"唰"的一声展了开来。

人们赶紧围了上去。钱军手中的画上一长袍男子倚着山石持杯畅饮，山石边上一泓泉水，一个书童指着石上所刻"贪泉"二字，回首欲作阻止状。卷轴虽装裱古雅，却墨香扑鼻、色泽鲜艳。

苏有才回头看了看表妹，问："这就是那幅名画？"他又凑上头去细看落款，嘴里还嘀咕着："难道这是现代哪位名家的手笔？"

只见顺旺房产的林总经理上前朝着马力一拱手说："项目摘地数月一直没有推进，鄙人深感惭愧！但实在是有些人硬要打着村组老百姓的名义包揽渣土清运、强卖黄沙水泥，漫天要价、横生枝节。是钱局长想出办法牵头开设招标平台，可以让我们公平竞价寻找合适的分包商、供应商，省钱不说，质量安全也有了保障。林某人无以为报，因自幼爱好笔墨，谨以尺素聊表衷心。"

林总经理又转身说道："你们可知道拙作之意？这可是有典故的。我的家乡广州城外有一池古泉名叫'贪泉'，历来为官之人从不饮用此水，这跟'志士不饮盗泉之水'是同个道理。但晋代有一个叫吴隐之的名士，他当了太守却并无顾忌，照饮不误。清者自清啊，吴隐之可是一生为官清廉。"他走上去揽住钱军的肩，激动地说："这幅画送给钱局长最合适不过了。有人说管建设开发不容易，他却主动请缨从区里面下派驻村；有人说管建设开发油水足，他却守着金山不捞，还要'妨碍'有些人发财。面对威逼利诱、栽赃陷害，他从来没有动摇过。要不是有他'撑腰'，我也没胆来开标现场放这头一炮。"

钱军尴尬地朝着马力笑了笑，只见他额头汗涔涔的，两脸憋得通红地说："林总言重了，我可配不上青史留名的典故，但'当官不为民做主，不如回家卖红薯'的道理，我懂！"

马力走下台来，抬手捶了钱军一拳说："讲得好！今天我差点错把马超当马谡。但是小钱啊，我还是要批评你，老是一口方言改不了，'名''民'不分，把别人都带到沟里去咯！哈哈！"

"敢饮'贪泉'不忘初心，一幅'民画'且表衷情！好！"一旁的记者老李端着摄影机说，"这真是条亲清政商的好新闻啊！"

赵秘书赶紧说："区长请你们，可是专门来报道钱局长的创新之举——'社会投资项目小额招标平台'第一次开标的。"

纪检组组长挥手打断了他们，说："李记者，我们这里还有一条法治新闻。"

顺着他的手势看去，只见两位纪检人员正走向苏有才一伙。

人群里陆陆续续有掌声响起，最后汇成了一片。

掌声传出窗外，惊飞了树上的知了。

远处一场雷雨即将袭来。

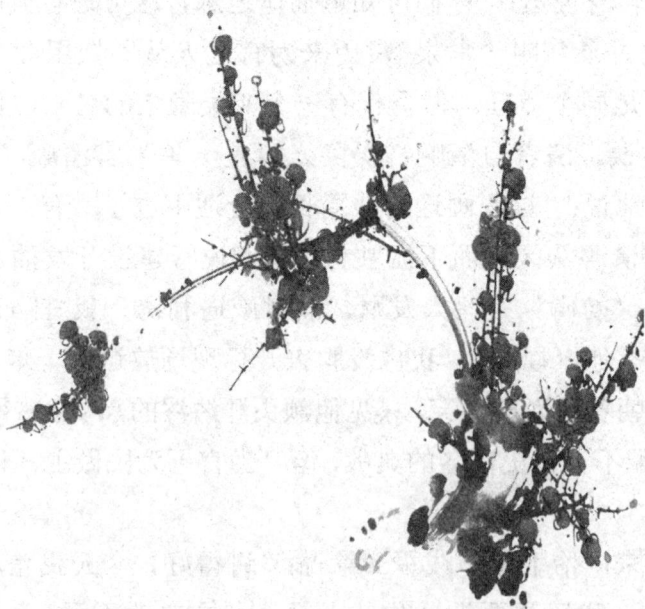

贵人相助

万 玲

　　石坪山怪石嶙峋、溪泉清冽，却很少出产山货，因而山上的石门村也非常贫困。为此，当地政府也想了不少办法，但毕竟石头卖不了钱，泉水再清也当不了饭吃，所以石门村人的脱贫致富路也走得异常艰难。那年冬天的一个星期六，居秀娥起了个大早，带着一袋地衣，准备到三十里外的民星镇去卖。地衣也叫石耳，其实就是一种长在石头上的苔藓，也是石坪山不多的几种山货之一，口味不怎么样，但据说营养价值很高，大城市的人都喜欢。石门村人的地衣也大都是卖给来民星镇旅游的游客的。地衣的采摘和制作非常艰辛，要冒着危险到湿滑陡峭的岩石上去铲下来，再仔细地洗干净、晒干，而且分量很轻，居秀娥带的这一大袋，也只有三斤光景，却是她两个多月的辛劳所得。如果运气好能全部卖出去的话，那么，他们家这个冬天的开销就有着落了。

　　可是运气却不是经常会光顾的，居秀娥从早上9点来到民星镇的街上，到现在已经三个多小时了，寒风已将她的头发吹得凌乱不堪，可是地衣却一两都没有卖出去。更要命的是，过了中午，她的肚子又饿得"咕咕"地叫了起来。居秀娥出门是没有带钱的，原指望卖了地衣后去买两个馒头当午饭，现在看来也成了一种奢望。又过了半个小时，她饿得实在受不住了，就不顾一切地跑进对面一家饭店，对一个领班模样的男子说："老板，求求你！我口渴得很，能讨点儿自来水喝吗？"那男子见她只是要点儿自来水喝，觉得没理由拒绝，就朝边上的一个自来水龙头抬了抬下巴说："好，你去喝吧。"居秀娥立刻高兴地扑向自来水龙头，对着嘴一阵猛灌，直到肚子都发胀了，才用衣袖抹去嘴边的水迹，向那男子道了谢，回到了街边自己的摊位上。可是她也知道，靠这点儿自来水是撑不了多久的，撒两泡尿就没了，那时就会饿得更厉害，关键还是要尽快把地衣卖出去。

就在这时，有个五十多岁的大妈走了过来，从她的衣着看，显然是个游客。居秀娥正想向她兜售，却见她两眼放光，兴奋地说："哇，这不是石耳吗？怎么卖？"居秀娥报了价格，她也不还价，爽快地将一袋地衣全买下了。成交后，大妈又和居秀娥聊了起来，问了她生活上的一些情况，得知她的地衣都是自己从山上采集的纯天然食品后，就决定要长期向她收购。她把联系方式写在一张纸条上交给居秀娥，要居秀娥有了货就发信息给她，她先把货款和快递费汇过来再发货，这样对居秀娥这边来说，就不会有任何的风险。居秀娥怎么也没想到，好运竟然来得这么突然，一刻钟前还在担心这袋地衣卖不卖得出去，现在不光一下子全卖完了，而且还找到了长期的买主。为此，她兴奋得有点发蒙，等到清醒过来时，大妈已经走了，再看手上的纸条，才知道大妈名叫张素梅，来自东南沿海省份的某个城市。

从这件事后，转眼四五年过去了。这四五年里，张大妈收购了居秀娥的全部地衣。靠这些出售地衣的钱，居秀娥虽没脱贫，但生活却比以前活络了不少。2020年，是国家脱贫攻坚战的收官之年，其中一项有力的措施就是促成富裕地区和贫困地区进行对口协作。和石门村协作的是东南沿海某省的一家大企业，那家企业也没有帮他们办什么公司，更没有向他们捐多少现款，而是在石坪山的怪石清泉上铺设了一条栈道，又修了一条十五千米长的从石坪山到民星镇的公路，利用民星镇业已成熟的旅游资源，将石坪山作为民星镇风景区的一个景点，全国各地的游客便源源不断地涌了过来。

有了游客就等于有了赚钱的机会，接下来就看村民们八仙过海各显神通了。居秀娥当然也不会放弃这样的机会，她先是在路边摆了个摊，供应当地的特色米粉，由于价廉物美，她的生意出奇地好。于是她又盖了间房子，把米粉摊变成了米粉店，成了石门村第一批脱贫致富的人之一。而那家和他们协作的企业，在顺利完成了扶贫任务后，在年底时邀请了一批脱贫致富的先进典型去企业所在城市旅游，居秀娥也是被邀请的人员之一。很快，车票和机票就都发到了他们手上，居秀娥一看，发现这家企业的所在地竟然和张素梅大妈在同一个城市，于是她就决定趁这个机会去看看张大妈。这几年如果没有张大妈汇来的那些买地衣的钱，她连购买米粉摊所需的锅碗瓢盆的资金都没有，也就不可能成为如今的致富典型了。做人要懂得感恩。

居秀娥一行山里人，坐了汽车又坐了飞机，来到了东南沿海的一座大城市。那家企业给予了他们贵宾般的接待，请他们住宾馆、吃宴席，出去游玩也都是专车接送。尽管如此，居秀娥还是请了半天假，拎着专程从家里带来的一袋地衣，去看望张素梅。当然，这袋地衣她是准备送给张大妈的。她按照张大妈留给她的地址，问了几个人，终于找到了，但小区门口的保安却不让她进去。那个皮肤黝黑的小保安或许是新来的，她报了张大妈的姓名和门牌号，小保安想了半天也想不起来。这时，正好有一个社区工作人员经过，小保安赶紧求助说："王大姐，你知道我们小区里有个叫张素梅的大妈吗？"

王大姐呵呵笑着说："怎么不知道？说出来你也肯定知道，张素梅就是'地衣大妈'。"

"噢，原来就是'地衣大妈'呀！"小保安恍然大悟似的拍拍脑门，"前不久她还送了我两包地衣，到现在都还没吃完呢。"或许是因为地衣的关系吧，小保安立刻对居秀娥变得非常热情，不仅爽快地让她进了大门，还仔细地告诉她要怎么走。那个王大姐正好要到小区里去办事，也主动和居秀娥同行。居秀娥心里正有一个疑惑，就趁机问道："王大姐，请问一下，你们为什么会将张素梅大妈称为'地衣大妈'呢？"

王大姐说："哦，是这样的。张大妈前几年去外地旅游时买回来一袋地衣，后来不知为什么，老是有人给她快递地衣，她家里人都吃腻了，一致提出了'最后通牒'，说再让他们吃地衣，他们就全体绝食。但是这张大妈也不知是搭错了哪根筋，还是不断地收地衣快递，家里人不吃，她就去送给亲戚、朋友、邻居，最后连社区、物业的人都送，于是这个'地衣大妈'的名字就这么叫出来了。"听了这番话，居秀娥心里深感内疚，很明显，那些地衣张大妈自己吃不了，又胡乱去送人，却还是不断地向她购买，这不明摆着在帮她的忙吗？这时，她们已经走到了张大妈住的那幢楼前。和王大姐道别后，居秀娥怀着激动的心情找到了张大妈的家，敲响了房门。

出来应门的正是张素梅本人，虽然已经过去了几年，但居秀娥仍然一眼认出了她。令居秀娥想不到的是，张素梅的手里竟然拿着一只正在缝补的破袜子。居秀娥知道，现在的城里人袜子破了就买新的，一般都不会再去做补袜子这种事，可见张大妈的家里并非什么大富之家，而那些地衣后来即便自己不吃了，也还要向她继续购买，这些买地衣的钱是在平时的生活中一点一点地节约下来的。居秀娥的眼泪瞬间涌上了眼眶，哽咽着说："张大妈，您还认识我吗？我过来看看您。"

张素梅起初没认出居秀娥来，迟疑地说："请问你是？"

居秀娥说："我是居秀娥啊，就是这几年一直都在卖地衣给您的那个居秀娥啊。"张素梅这才认了出来。原来那天在民星镇旅游的张素梅其实早就注意到了穿着破旧衣服，在寒风中微微发颤的居秀娥，心中充满了同情，等到居秀娥到饭店去讨喝自来水充饥的时候，张素梅也正好在那家饭店里吃饭。她本来想送给居秀娥一些钱，但又怕伤了居秀娥的自尊，考虑再三，就决定买下那些地衣，好让居秀娥早点回家，或者是去买些食物充饥。后来听了居秀娥述说的贫困状况后，又决定长期向她购买地衣。她觉得这样虽然不能帮助居秀娥摆脱贫困，但可以让她增加一些家庭收入，于是这一买就是四五年。现在看到居秀娥找到她家里，以为她又遇到了什么困难，就赶紧说："哦，是你呀，有什么事需要我帮助的你就尽管说。"

居秀娥说："张大妈，我没有什么困难，政府已经帮助我们彻底脱贫了。我今天来，是专门来看望您的，感谢您这几年来对我的无私帮助。"听居秀娥说了她及他们村脱贫致富的情况后，张素梅也由衷地为她感到高兴。张素梅知道，从现在开始，她虽然已经不需要以买地衣的方式对居秀娥扶贫了，但她还是觉得，一颗善良的心是任何时候都需要的，善心能使世界变得更加美好。

以权谋残

汪世炎

    M县纪检委有位年轻的纪检员姓包名兴，他和电视剧《包青天》里老包的跟班同姓同名，人称"小包兴"。由于他最近办了一起"以权谋残"的案子，他的知名度一下子提高了。

    以权谋残？这个腐败案真有些蹊跷，要知详情，此事还得从头说起。

    这名腐败分子名叫曾叹，此人学历高、能力强、出社会早，二十来岁就当科长，三十出头成了县管干部。但他有个毛病，眼睛特别小，就是目光短浅，太会盘算。他当科长时，出差时在车站捡废车票，虚报车旅费，其实坐的是朋友的顺风车；当副局长时，他分管办公室，把所有科室订阅的报纸杂志都管得很严，看完全部都要上交，一张也不能少，年底全部交给单位雇用的清洁工，这个清洁工是他雇来的，是他的远房小姨妈。因此，组织部门对他的任用就是掌握一个原则，管钱管物的部门不能去，因为他太会算计了。

    这次县里机构改革，他被调整到县残疾人联合会担任理事长。曾叹连声叹气，心想，哪怕是调到宗教事务局去管和尚尼姑，也比管残疾人强，大的寺庙，那可是油水嗞嗞响。

    曾叹第一天上班，和驾驶员闲聊，显得他平易近人。驾驶员小江是新聘用的，因为残疾人需评残疾等级，要专门的医疗机构按照评残标准来评定，因工作需要，单位配备了一辆接送残疾人员评残的七座小客车。

    "小江，我们这个单位好，清水衙门，风险低，平安！"曾叹感慨地对小江说。

    "老大，你还不知道？去年我们单位就进去两个，一个判死刑，一个判死缓。"

    曾叹听了吃了一惊，仔细一问，才知道清水衙门水不清，这个残联，也有实权，评定残疾等级，发放残疾人证，都是它的职能。被抓的那两个，就是联手倒卖残疾人证，数额巨大，影响极坏。曾叹听后一愣，他问小江："这真怪哉，好好的正常人不做，反而要买那残疾人证干吗呀？"

小江对曾叹道："老大，如今政府以人为本，关心弱势群体，对残疾人有很多政策优惠，例如乘车凭证免费，享受生活补助，办理低保，创业税收减免，享受贷款利率优惠，等等，总之好处木佬佬，不要小看了这本残疾人证，含金量可不低呢！"

真是一语惊醒梦中人啊。曾叹头点得像鸡啄米，如此说来，这个部门貌似清汤寡水，实质上是只潜力股，也有涨停的机会。因此，他对小江说："千万要保持警惕，把国家关心残疾人的好政策，用好用到位。"

曾叹上任的首次全体干部会上，他义正词严地说："反腐倡廉，没有禁区，也没有真空地带，每个人的脑子里都不能松了这根弦。俗话说谷糠都能榨出油来，一个人要想贪，什么办法都想得出来的。我们要吸取倒卖残疾人证的教训，谁要动歪脑筋，一经查实，坚决从严处理。"

这一轮县级巡视，被巡视的单位就有县残疾人联合会，包兴是组长。

曾叹第一次和包兴谈话，就叹气道："我这个县管领导，去乡镇就连镇长都不照面，连口水都捞不到喝。残疾人找政府就是要解决问题，我们是既无权，又无钱的清水衙门，谁来鸟你啊。"他一直和包兴叹苦经。

巡视组查了残联机关的财务，真的是小葱拌豆腐——一清二白，公务接待为零，有哪个单位会脑子进水来找残联？再说，来找残联的残疾人都是来求助的，哪有来送礼的？巡视组巡视了好几天，也暗访考察了下属部门，都反映曾叹廉洁自律、精打细算，对所属人员关心，对应该享受的福利也很到位。

在巡视工作最后一天，包兴想了解下全县究竟有多少残疾人，就调来县里的残疾人花名册。当他查到某乡有一户竟然全家都是残疾人时，惊得眼珠子都要掉出来了，仔细一查，户主姓曾，正是曾叹的老家。

这真是不查不知道，一查吓一跳，这位县残联理事长家中亲戚竟然有八个残疾人，从八十九岁的爷爷，到五岁的小孙女，一家四代，个个有残疾，都享受国家优待残疾人的福利，再一查，就连曾叹的至亲也有四人搞到了残疾人证。其实，真正的残疾人一个也没有，是曾叹利用手中的权力，硬是把全家和亲戚都搞"残"了。包兴办了这么多案子，还是第一次办到这么一个能在苍蝇肚里寻板油、在蚊子脑袋里剔精肉的狠角色，真正是"一人当官全家残"啊！曾叹最终受到了法律的严惩。

王大爷进城

王晓来

王大爷是山里人，老伴儿今年病逝后，剩下他一个人寂寞孤单地待在家里。在城里开公司做生意的儿子不放心老父亲一个人在大山里，要他去城里跟自己一块过，便于照顾，可王大爷说在山里头生活惯了，哪儿也不想去。

王大爷今年七十有余，是余姚四明山人，在四明山卢田村种了二十余年的花木，本是当地有名的花木专业户。儿子王军已在县城做木材生意十多年，前些年木材生意好做发了财，在县城买了一套商品房，儿子、媳妇和孙子都迁到县城生活，只剩下王大爷老两口守在大山里。近年来因年纪大了，花木这个活也很少做了，如今老伴又去世了，儿子媳妇劝了好几次，王大爷才勉强答应到城里先去住段时间再说。

儿子在城里住的是套房，在三楼的302室。这房子外表看就像是一只火柴盒子，室内层高很低，进屋感到人会碰到屋顶，白天不开灯的话，中间的一间客厅暗得很。住惯山里高高大大亮堂通透屋子的王大爷住在这房子里有一种透不过气的压迫感，还有房子的前后阳台上都安装上了防盗网，人在里面就像鸟被关在笼子里一样。

儿子家里没住几天，王大爷就觉得挺不自在的。这个房子装修得像宾馆一样，可人一进屋里儿媳妇就叫脱鞋子，去卫生间洗脚还得换拖鞋，他坐在哪儿都觉得心里不踏实。

王大爷一生没啥爱好，就是喜欢喝口小酒抽支烟。他的烟瘾够大，在山里老家一天要抽两包半烟，可在这里他感到有点儿为难。抽烟气味很大，城里人讲"文明"，在屋里抽烟儿媳妇会不会有怨言？他想了想还是去阳台抽好点。

最让他受不了的是儿媳妇天天一进门就拿上抹布和拖把擦啊拖啊，王大爷想会不会她嫌我脏，嫌我抽烟都是烟头烟灰不讲卫生？心里总不是个滋味。

儿子看着闷闷不乐的父亲，感到在山里生活惯了的父亲突然间到城里生活，需要一段时间才能适应，于是每天吃完晚饭后领着王大爷下楼走走，和小区里的人一起聊聊天、说说话、宽宽心。

小区里空气清新，有花有草，环境蛮好。白天没有什么人在小区玩，到了傍晚吃完饭后小区人就多了起来，有大人，有小孩。王大爷坐在石凳上看着大家你一句我一句说得很热闹，孙子和小区里的孩子正在开心地上蹿下跳做游戏。王大爷心想这里的人也真有意思，晚上天没暗就排着队放着音乐跳舞，有的还男男女女搂在一起跳，真不害臊。

王大爷是个热心人，在老家村里，他家庭条件好又乐于助人，又是村里的长者，说话很有分量，村里有什么红白喜事，左邻右舍有什么困难，只要他知道都主动帮忙。正因为这样，村里人有什么事都愿意去找王大爷商量，因为他处事公平公正、不偏不倚，找到他基本都能解决，因此很受人尊敬。现在住在城里放眼没有熟悉的人，他总感到自己有点孤零零的。他想着最好有点事干，也好打发打发白天大把大把的空闲时光，可他一时也想不出能干点啥事好。

这天下午，小孩去了学校上学，大人也都外出上班了，小区里静悄悄的。王大爷在家看电视坐久了，想出门去散散心。当他从家里三楼下到二楼时，看见一个长发小伙子，正用一根长铁钉撬门，撬了许久也没撬开。王大爷说："小老弟，铁钉能开锁？"长发小伙子慌忙说："我出门时忘了带钥匙，只能撬锁进门了。"王大爷一听小伙子这样说也跟着着急了，连忙回家拿螺丝刀和铁锤想帮年轻人一把，可一时找不到就打电话给儿子问这些东西放在哪里。儿子问他要干啥，他把楼下小伙子撬门的事说了一遍。

儿子吃了一惊，说："我们楼下住的是一个单身女人，怎么会是小伙子呢？这个人一定是个'白闯贼'，赶快打110报警。"王大爷着急了，赶紧打了110，不一会儿警察赶到，将"白闯贼"逮个正着。

王大爷见义勇为受到了警察的表扬，心里很高兴。第二天他在派出所做完笔录后儿子送他回到小区门口说："爸我有事先走了，你自己上楼去吧。"王大爷看到小区里有人在种花木就走了过去，顺便也帮他们干上了。王大爷不愧是养花专业户，这活儿干得真是漂亮。

干完活儿后物业经理请他去办公室聊聊。经理又是敬烟又是倒茶，同王大爷聊得越来越投机，最后物业经理说："王大爷您反正住在我们小区，倒不如来小区帮我养护花草吧，工资三千五百元一个月，咋样？"王大爷有事做当然高兴，可他却说："我不要工资，只帮忙做个养花草的志愿者好了。"

　　晚上儿子媳妇回家后听王大爷说了经理请他帮忙的事都很支持。于是王大爷就成了一名小区花木养护志愿者。

儿孙满堂与老来伴

张肖乐

　　生下儿子后，盛春素决定要她妈来帮着带孩子。现在让父母来管第三代已是很普遍的现象，盛春素居住的小区里就有很多这样带小孩的老人。

　　盛春素的父亲去世得早，她一直和母亲相依为命。母亲章巧珍在家乡的县城里开了爿馒头店，起早贪黑地辛勤工作，以此来养活她们母女，以及支付盛春素的学费，直到她大学毕业有了工作。之后盛春素的工作、生活都顺风顺水，结婚时在这里买了房子，现在又有了儿子，而章巧珍也一直在县城里经营她的馒头店。盛春素知道，她要母亲过来带孩子，母亲是不会拒绝的。事实也确实如此，接到女儿的电话后，章巧珍只用了两天的时间就把馒头店处理掉了，接着便风尘仆仆赶了过来。章巧珍身子骨硬朗，又有经验，一到这里就接手了大部分的家务。孩子也服她管，没多久就离不开外婆，父母反倒显得无足轻重了。

　　盛春素见母亲几乎把一切都包了，自己反倒成了"闲人"，产假结束后就去上班了。从此后，夫妻俩早出晚归，家里的事几乎不需要他们操心，使他们得以一心扑在工作上，丈夫边友林甚至还因此而升了职、加了薪。有的时候，盛春素见母亲辛辛苦苦地从早忙到晚，心里有些过意不去，对母亲说："妈，休息天我们在家，你就去玩吧，现在即使是保姆，一个月也要放几天假呢。"

　　可是章巧珍说："傻孩子，保姆不是自家人，怎么能比呢。妈自从开馒头店起，从来就没有过休息天，已经习惯了，你们也别放在心上。"这才是亲妈说的话，盛春素听了，自然是十分感动。就这样过了将近半年，一天，章巧珍忽然对盛春素说："我有事要休息几天，带孩子的事你们自己安排一下。"盛春素觉得很奇怪，问她是什么事，章巧珍犹豫了一下，说："来了两个老乡，我要陪他们玩玩。"既然有老乡来了，尽尽地主之谊也是应该的，盛春素就请了几天假，在家带孩子。可是渐渐地她就觉出了一些异常：她妈每天晚上回来都显得非常兴奋，脸蛋红扑扑的，有时嘴里还会轻轻地哼着歌曲，就好像每天都捡着金元宝似的。盛春素有些纳闷，来两个老乡，也不用兴奋成这样吧？那状态几乎就和自己与边友林刚谈恋爱时一样。后来有一天，盛春素无意中看了章巧珍的手机相册，发现里面有很多张老男人的相片，而且还有和章巧珍的合影，推算了一下时间，正好是章巧珍休息陪老乡去玩的那几天，盛春素这才知道，她妈原来是和一个老头来了一场浪漫的约会。

盛春素觉得问题有些严重，必须和母亲好好谈谈，找了个机会说："妈，你是不是在恋爱了？"

章巧珍一惊，说："没……没有啊。"

盛春素说："妈，你就别再瞒了，照片我都看到了。"章巧珍这才红着脸不再吭声，也等于是默认了。原来那老头姓顾，在章巧珍开馒头店的县城里以卖早点为生，每天早上都会来章巧珍这里进些馒头去卖。早点卖完后，看到章巧珍还在忙，也会来帮一把。章巧珍见他人实在，待他也不错，可是没想到他会来这里看望她，就陪他玩了几天。盛春素得知情况并没有她想象的那么严重，暗暗地松了口气，数落道："妈，你是嫌我们对你不好吗？再说现在的人心那么复杂，谁知道人家是不是想占你的便宜呢？你都这把年纪了，又苦了大半辈子，现在开始就好好享享女儿女婿的福吧，别再折腾了好吗？"

按照中国的传统观念，再婚似乎总有些不太光彩，更何况是老年人。章巧珍因为这种事被女儿数落，自己都觉得不好意思，只能唯唯诺诺地答应，以后不再和顾老头有任何交往。这之后她果然把手机里的相片都删了，又开始安心地带孩子和做家务，好像又回到了原来的生活轨迹。可是不久后盛春素又发现，妈妈和以前相比还是有了改变。首先，她脸上的笑容明显地少了。章巧珍笑的时候两边嘴角往上翘，盛春素一直觉得妈妈的笑颜很好看，章巧珍也从不吝啬自己的笑，但是现在她好像变得不会笑了，有时候即使逗她笑，笑容也只是在她的脸上一闪而过。其次，她的脸色也不像以前那么红润了。章巧珍本来就是那种瘦脸型的，脸色一差，就显得有些憔悴。盛春素见妈妈这样，心里着急，就去向人讨教。别人告诉她，其实老年人也是需要爱情的，尤其是单身老年人。俗话说，儿孙满堂不如有个老来伴，但很多当儿女的不明白这一道理，总觉得只要给父亲或母亲吃好的穿好的，带他们去旅游，他们的晚年就很幸福。其实根本就不是这么回事，因为儿女所能做的只是满足父母物质上的享受，而不能解决他们精神上的空虚。别人还告诉盛春素，如果你想让你妈真正得到幸福，就给她找个老伴。

晚上，盛春素对边友林讲了她妈妈的事。边友林说："这事我也早就想和你说了，但因为她是你妈，所以一直不方便开口。我不和你说那些大道理，其实在你妈和那个顾叔叔的关系上，你是有私心的。你是怕你妈找到老伴后就没时间给我们带孩子，以至于牺牲了你妈晚年的幸福。"听边友林这么说，盛春素仔细想想，自己还确有那么点私心，现在想来还真的有些对不起妈妈。她妈毕竟还只有五十多岁，身材一点都不臃肿邋遢，稍一打扮，风韵犹存。

盛春素觉得，母亲虽然开馒头店有一定积蓄，但毕竟没有退休养老金，所以同样没有退休养老金的顾老头绝对不是合适的人选，要找也必须找一个让母亲的晚年生活有保障的老头儿，于是盛春素就瞒着母亲悄悄地在网上发了征婚启事。不久之后，她就从应征者中选中了一个人。这个人姓汪，六十多岁，事业单位退休，每月的养老金有六千多元，完全可以保障章巧珍的晚年生活。这天，盛春素将母亲带到了一家茶楼的包厢里，这是她和老汪约好的地方。老汪西装革履，已经早早在那里等候。两个女人一进门，老汪立刻就把目光投向了章巧珍。与此同时，盛春素也把目光投向老汪，看到老汪的脸上露出满意的神情，她就知道这事儿有戏，于是在简单的介绍后，就对章巧珍说："妈，你和汪叔先聊会儿，我去买点东西。"就这样将两个老人留在了包厢里，好让他俩单独聊聊。

盛春素去超市买了不少菜后就直接回家了，准备等母亲相亲回来好好地庆祝一下，可是没想到章巧珍却已经在家里等着她了。盛春素吃了一惊，说："妈，你怎么这么快就回来了？谈得怎么样？"

章巧珍说："唉，人家以前是机关干部，怎么看得上我这种卖馒头的呢？"盛春素很生气，之前她已经和老汪说了她妈的情况，老汪也表示了认可，怎么事到临头会变卦呢？她打电话过去责问老汪，但老汪在电话里却显得很委屈，说原因根本就不是出在他的身上。原来盛春素离开包厢后，老汪就主动地和章巧珍搭讪。章巧珍虽然没有热烈回应，但也是洗耳恭听。过了一会儿，章巧珍突然说她女儿去买东西怎么还不回，要去看看，于是抱歉地朝老汪笑了笑就出去了。老汪知道盛春素说去买东西是借口，以为章巧珍出去看不到女儿很快就会回来，谁知等了一个多小时，始终没再见到章巧珍的人影，这才知道人家没看上他，只得快快不乐地离开了茶楼的包厢。接到盛春素电话的时候，他还在回家的路上。

盛春素这才知道，原来是自己的妈妈没看上人家。她想想，这样也很正常，每个人都有自己的择偶标准，当然也包括老年人。之后盛春素又给章巧珍介绍了几个，但都以失败而告终。盛春素有些疑惑，问章巧珍："妈，你倒是说说，你究竟要找个什么样的老头，我也好有的放矢啊。"

章巧珍支吾了半晌，好像下了决心似的说："我……我觉得还是老顾比较合适。"闹了半天，原来妈妈喜欢的还是那个卖早点的顾老头，盛春素感到不可理解，却也无可奈何。晚上，她又把这事和边友林说了。边友林说："开馒头店虽然辛苦，小县城虽然冷僻，顾叔叔虽然很平凡，但那是你妈所熟悉和喜欢的，这里再好，对她来说只是个客居之地，你又何必强人所难呢。"这真是一语惊醒梦中人。不久后，盛春素就把妈妈送回了家乡的小县城。

千里"姻缘"

姚 瑶

　　钱塘酥油饼的闻名遐迩，和一位皇帝有关。当年乾隆皇帝下江南，吃了一次钱塘酥油饼，回到紫禁城后，有一次突然很想再尝尝这种味道，于是就命地方官用八百里加急快马送往京城。据说这一路跑死了四匹马，等送到乾隆皇帝手上时，那包酥油饼还是热的。从那以后，钱塘酥油饼就成了江南这座城市的名小吃，做酥油饼卖酥油饼的店铺在大街小巷遍地开花，不过最有名、最正宗的还是乾隆皇帝曾经吃过的那家鲁记酥油饼。

　　钱塘酥油饼色泽金黄，其形状也不像其他饼那样圆圆扁扁的一块，而是用拉丝的方法从底部盘旋而上，层层外展，看上去像个漏斗，翻过来又像个小小的笠帽，咬一口又酥又脆，满嘴香甜。但是随着社会的发展，人们开始越来越重视食品健康，像钱塘酥油饼这种重油重糖的食品渐渐地就遭到了人们的摒弃。本来嘛，这也是历史的必然现象，无须多虑，但有一个人却对此耿耿于怀，他就是鲁记酥油饼的正宗传人鲁连升。鲁连升八十多岁了，做了一辈子的酥油饼，也享受过酥油饼辉煌时的荣耀，还想以一己之力来重塑传统品牌的辉煌，但无奈年纪大了，有些事已力不从心，于是他就逼着要两个儿子学这门手艺。可是他的两个儿子都有体面的工作，而且他们也知道，现在再去做钱塘酥油饼，纯粹就是亏本的买卖，经过一段时间的"斗争"，鲁连升就败下阵来了。为此他只得打破制作手艺不外传的祖训，打广告向社会招收学徒，只要有人愿意学，他就将制作钱塘酥油饼的祖传绝技倾囊相授。

　　木清华是个外地来此地找工作的年轻人，大专学历且所学专业相当冷门，所以很难找到一个满意的工作。就在他袋里的钱已所剩无几之时，看到了鲁连升的这个广告。说实话，对学做什么钱塘酥油饼，他根本就没有兴趣，他感兴趣的是招徒广告中的一句话：学徒期间包食宿。他心想反正一时也找不到工作，先解决了眼下的生活问题再说，况且多学一门技艺，自己身上也不会少了什么，于是便找到了鲁连升表示愿意拜师学艺。

这件事对木清华来说虽然是权宜之计，但对鲁连升来说却是一件人生中的大事。因鲁连升的坚持，拜师仪式进行得极其正规、隆重，木清华被要求按照旧制跪下向师父磕头、敬茶。鲁连升的两个儿子也被告知要称呼木清华为师弟，虽然他们的年龄其实都可以做木清华的父亲了。更使木清华感到为难的是，师父还硬要他把做好的酥油饼拿到市场上去卖，说什么顾客的认可才是检验的标准。饼自然是卖不完的，幸好两位师兄能体谅木清华的苦衷，为了让父亲高兴，都是自己出钱把剩下的酥油饼买走。鲁连升不知内里，显得很高兴，会用好饭好菜来款待徒弟。这样的日子过了一年多，鲁连升夙愿已了，不久便油尽灯枯，心满意足地撒手而去了。这样一来,两位师兄自然也没有了再帮助木清华的义务，木清华也就不再做酥油饼，离开了鲁家。

光阴如箭，一晃十几年过去了，钱塘区将钱塘酥油饼制作技艺列入重点保护项目。可钱塘酥油饼在市面上已消失十多年了，能有传承人吗？为此，区文化馆的工作人员找到了鲁连升的两个儿子。令他们失望的是，鲁连升的两个儿子根本就不会做酥油饼，他俩虽然出身正宗的钱塘酥油饼世家，但家族的传承到他们父亲这一辈就已经戛然而止。不过他们提供了一个宝贵的信息，说是有个叫木清华的人，曾经跟随父亲学过手艺，到目前为止，他或许是能制作钱塘酥油饼的唯一传承人了。于是区文化馆展开了一次寻找木清华的行动。

文化馆的寻人工作很快遇着了困难，因为当初鲁连升是私人收徒，且收徒心切，根本没想到要去验证徒弟的身份，所以鲁连升的两个儿子，都不知道木清华究竟是哪里人。中国这么大，要在全国范围内去找一个只知道姓名的人，无异于大海捞针了，但即便如此，大家也没有气馁。他们想，木清华是个大学生，对网络必定不会陌生，而且他自己也必定清楚，他已是钱塘酥油饼制作技艺的唯一传人，如果在网上发起一个钱塘酥油饼故事的征文活动，他看到了很可能会有兴趣参赛，这样他们就可以找到他的联系方式了。说干就干，没几天钱塘酥油饼故事的征文启事通过各大网络平台发布了出来。

但遗憾的是，直到征文截止，都没看到木清华的名字。应征的稿件倒是有不少，但大多是新编故事，偶有几篇是对当年钱塘酥油饼的回忆文章，只有其中一个名叫白婉萍的人写的征文中，写到了酥油饼的制作技艺。大家都明白，技艺这东西，纸上写的和实际操作的，是有很大差距的，不然的话，只要看上几本烹饪书，谁都能成为烹饪大师了。况且白婉萍的征文中明明白白写的是小城酥油饼，和钱塘酥油饼看似也没什么关系，但当中有一点却引起了主办方的重视，即从白婉萍对酥油饼形状的描述中，可以看出当年钱塘酥油饼的影子。难道钱塘酥油饼还有一个"兄弟"？或者是同宗同源？主办方将白婉萍的这篇文章评为一等奖，并按照征文启事上的承诺，邀请白婉萍前来参加颁奖礼。

白婉萍是个三十多岁的年轻女人，健康美丽，一脸的高原红。令主办方意想不到的是，她的到来，竟然将谜底全部揭晓。原来当年鲁连升去世后，他的两个儿子当然也没有义务再资助木清华了。木清华也很清楚，单靠自己做钱塘酥油饼是绝对不能在这座城市里生存下去的，于是他只得离开鲁家，继续去找工作。然而就业的竞争仍然是那么激烈，在陆陆续续地打了几份零工后，他就回到了家乡——西南地区的一座小城。小城的就业机会更少，万般无奈之下，他抱着只求有口饭吃的想法，做起了钱塘酥油饼。当然，因为是在家乡的小城，再叫钱塘酥油饼似乎不太合适，他就把名称改成了小城酥油饼。没承想这一步竟然走出了一方新天地，由于那里当时还属于贫困地区，人们并不像大城市的人那样营养过剩需要吃得清淡，所以他的酥油饼一经推出，居然大受欢迎，城里的那些饭店都纷纷来订购以作为饭店的特色点心，甚至在家庭聚餐或是请朋友吃饭时，摆上几个酥油饼，主人也会觉得特有面子。这样一来，木清华也成了小城里的名人加富人，生意的规模也从一个小摊发展到了一家两开间的店面，而且还收获了爱情。妻子白婉萍就是因为特爱吃酥油饼，最终成了酥油饼店的女主人。这次征文信息是白婉萍看到的，她不知道木清华以前的那段经历，出于对酥油饼的喜欢，就写了应征文章，没想到竟促成了一段千里"姻缘"。

在盛情邀约下，木清华又一次旧地重游，并展示了制作钱塘酥油饼的绝活，于是就出现了一个奇特的现象——源于东南沿海大都市的钱塘酥油饼，其制作技艺的传承人，却来自西南小县城。

木门上的指纹锁

胡磊娜

王小军很沮丧，坐在公交车上打了个盹，就错过站，下到了一个人生地不熟的地方。

作为公司的销售员，正是月底冲业绩的时候，答应要在女朋友生日之际送大钻戒的王小军，没日没夜地背着公司生产的指纹锁奔走售卖。看着前不着村后不着店的地方，王小军懊恼万分，烈日当头，顿觉饥渴难耐。远远地，王小军望见前面有一户农家，于是加快脚步往前走。

门虚掩着，王小军敲了敲门，没人应答。王小军轻轻地推开门，将脑袋探了进去，只见一个头发花白的老人坐在灶台下，翻着日历。

四目相对之际，王小军开口了："爷爷，能给口水喝吗？"王小军指了指喉咙："走得太急，忘带水了。""是小山子回来了吗？"老人问。"不，不是，爷爷，你认错人了，我是路过这里，想要口水喝！""哦，哦，路过……好好，我给你拿。"老人颤颤巍巍地起身，摸索着走到灶台上给王小军倒了满满一碗水。"小伙子，你打哪里来？"王小军一口就灌下一大碗水，长长地舒了口气："我从县里来，坐车的时候没注意，下错站了。"王小军边说边环视了一周，这个农家虽简陋但很干净。"啊，县里来的。那要去哪里呢？"老人似乎来了精神，望着王小军。"要去双林镇，坐车的时候打了个盹儿，坐过站了。"王小军挠了挠头。"没事，小伙子，既然来了，就在爷爷这坐会歇下。"老人拉过一把"吱吱嘎嘎"响的椅子，示意他坐。"好，谢谢爷爷！"王小军卸下身上的背包，拉过椅子坐下。"干的什么工作？"老人问。"我是销售员。"王小军回答。"销售员是干啥的？"老人好奇地摸了摸脑门。"就是卖东西的。""卖的什么东西？"老人越问越起劲。"指纹锁！"王小军应道。"啥是指纹锁？"老人越发好奇。王小军有些犯难，他有种对牛弹琴的感觉。"就是开门不用钥匙，用手碰一下就能开的锁。""还有这好东西？"老人不可置信地看着王小军。王小军有了想走的念头，看着眼前一脸好奇的老人，不耐烦地指了指背包："就是这东西。"王小军拎过背包，掏出一把指纹锁。"就这东西，不用钥匙，把自己和家人的手指指纹输入进去，就能开门了。""这是好东西！"老人颤抖着声音。"那可不，我们公司一年卖十几万把呢。"王小军说着，把指纹锁塞回包里。"小伙子，再给我看看，啥锁……"老人痴痴地望着背包。"爷爷，这个你用不着。""你怎么知道我用不着。"老人有些生气。"这个锁你装哪？"王小军问。"门上啊！"老人转身指着那扇木门。"就这门，不搭吧……"王小军说道，"这门安这锁，真的是浪费了。""不会，这个锁不是有指纹就能进门了么，那我不用一直在家等着他了。"老人微微笑着。"他是谁？"王小军问。"我的儿子小山子，我不知道他什么时候能回来，有时候碰上我出去了，就会遇不上。如果我安了这个锁，那他就可以直接进门了。""那直接配钥匙，不是更简单？""不，他忙，钥匙带着不方便，小伙子，这个锁我要了。"老人放下指纹锁，开始掏口袋。"爷爷，这个锁你还是不要买了。"王小军笑着说。"买！这是好东西！多少钱，二百块够不够？"老人从上衣兜里掏出两张百元大钞。"爷爷你还是别买了！"王小军拿回指纹锁，揣回包里说，"这个锁啊，起码要小一千！""多少？"老人有些不敢相信。"小一千呢。"王小军捡起了背包。"不管多少钱，我都买！"老人走到床边，从枕头里面掏出一个布袋，取出一个存折："小伙子你等等我，我把钱取出来给你。""我说大爷，算了吧，我赶时间呢。下次，下次有机会再买吧。"王小军说着推开木门，要离开。"不，小伙子，不要走，我要买你的锁！买了你的锁，我们家小山子就可以随时回家看我了……"老人说着说着号啕大哭起来。这一下把王小军吓到了，半晌才问："刚才，你说你儿子叫什么？……""叫李山……你认识？""李山……不不，我不认识……"回味着似曾听闻的名字，王小军掏出手机开始百度。手机里赫然跳出一行字：平民英雄外卖员李山为救落水儿童英勇牺牲。王小军的喉头有点发硬，接着问："你儿子是外卖员？""对，在县城里忙着呢。其实，我挺想他的……"老人轻抚着王小军递过来的指纹锁。王小军眨巴着发红的眼眶，颤抖着拿过指纹锁："爷爷，这个锁，我免费给你安。""为什么？我还没付钱呢……""不要钱，我们公司搞促销活动，这不剩下没几个了，这个就安装在你这儿吧。""这……这不好意思的……""没事，我做主了。"王小军抹了把泪水，掏出工具安装起指纹锁。

半个小时后指纹锁安装好了。"来，爷爷，我把你的指纹录进去。以后你用手在这个小圆点里按一下就行！""太神奇了！"老人啧啧称奇。"还有，我告诉你这个指纹锁的密码，123456789，你可千万记住了。"王小军拿出笔和纸，"爷爷，我记在这张纸上，压在你的玻璃台面下。""好！好！"老人点着头。"那样你儿子就能回来看你了！"王小军哽咽了……

王小军收起背包，和老人告别，只见老人站在锃亮的门锁边和王小军挥着手。王小军擦了擦眼泪，大声喊道："爷爷，以后我会常来看你的……"

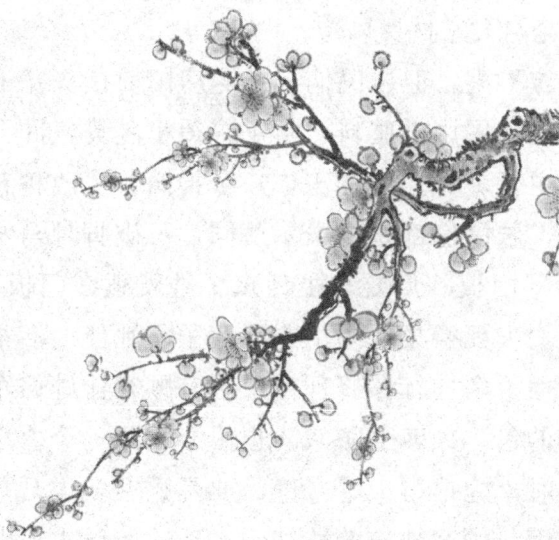

一个另类志愿者

邵　威

　　这是个老社区，有建于 20 世纪 70 年代的矮楼，也有百年历史的老墙门。老社区环境不好矛盾也多，所以社区主任不好当，常常换领导，居民也都习惯了。

　　这一次又来了一个姓马的新主任，居民们笑了，为啥？因为社区里有个破脚骨也姓马，叫马水芹。破脚骨，是当地方言，意思是不讲道理，只讲歪理。马水芹的歪理弄得几任社区主任都无心恋战，调走了之。这一次马主任遇上马水芹会擦出什么火花？大家拭目以待。

　　老社区虽然地方不大，但居民们却在老房门前指头宽的地上挖出菜地，种上蔬菜，不少人家还用屎尿做肥料，常常弄得小区臭气冲天、蚊蝇乱飞。见此情景，新上任的马主任就做居民的工作，铲掉蔬菜，改种花卉，美化家园。经过细致的思想工作，居民们都纷纷表示赞同，可破脚骨马水芹坚决不同意，她竟然在菜地上搭起了门板，只要马主任来了她就睡在门板上跷起一条腿吸烟。说起这个马水芹，丈夫死得早，为了养活儿子，她什么活都干过，连小偷小摸的事也干。她本来摆了个自行车修理摊，当有顾客让她修车的时候，她眼睛看的不是车而是顾客的包，顾客七防八防也不会去防一个修车的，所以她屡屡得手。当顾客找上门时，她推得一干二净，要是顾客多说几句，她还说顾客污蔑她，来个就地十八滚。顾客被偷的往往是小钱，所以也不敢与她纠缠，日子久了，她的修车摊就没了生意。她就改捡垃圾，她家前后的两个垃圾箱是她的专利，其他捡垃圾的人是不能靠近的。她还常常骑着小三轮儿到处捡垃圾，就这样她把儿子拉扯大，并按揭给儿子买了套二手房。她本该歇口气了，但儿子要娶媳妇，二手房要还房贷，所以她仍然和以前一样干着。门前的菜地虽小，但种的菜可以供给她每日食用。她还养着几只生蛋的鸡，可以省下买鸡蛋的钱。

马主任知道情况后，就让马水芹继续摆自行车修车摊，还挂上了"免费为民修车服务点"的牌子，工资由社区给，钱虽不多，但比种蔬菜这点钱多得多。这样的好事，马水芹当然乐意接受，于是她铲了门前的菜地，放上了盆栽花卉。

菜地没有了，环境得到了改善，但另一个等待解决的问题是养鸡问题，因为居民家家都养着鸡，鸡是散养的，鸡屎拉得到处都是。居民见马水芹在菜地的事上得了好处——因为她的修车点形同虚设，根本没有人上她的摊点修车，所以马水芹的钱是白得的——这次马主任上门做工作，大家都异口同声地说："只要马水芹的鸡不养了，我们也都不养。"就在马主任遇阻之时，本地暴发了禽流感，处理鸡的问题已经不是小事而是性命攸关的大事了，很多居民都自觉地把鸡处理了。这个马水芹却不干，她把鸡用鸟笼子关起并挂在屋檐下，说是把鸡当鸟养，社区城管开着车来了，马水芹就一屁股坐在了他们的车前，不让他们的车进她住的弄堂，那车只得倒了回去，马水芹又成了养鸡的钉子户。

社区里有个大妈巡逻队，大妈们戴着红袖套在社区巡逻，看到马水芹经常把鸟笼里的鸡放出来放风，大家只能绕道走。有人为此写了举报信，还打了举报电话，马主任只得又请来城管。谁知城管还没有进弄堂就见马水芹手里捧着鸡，披头散发，大声地号叫着坐在地上，城管只得又退出。

这一天，马主任接到一项任务，为七十岁以上的居民更换老年卡。老小区老年人太多，需要人手维持秩序，于是马主任急匆匆去找志愿者。当经过马水芹那栋楼时，见她正悠闲地躺在楼下的椅子上抽烟，他灵光一闪问马水芹愿不愿意当志愿者。想不到马水芹从椅子上一跃而起，满口答应了。马主任笑着指了指她手中的烟说："志愿者可不能抽烟！"说着递上有志愿者标志的帽子和马甲。此时的马水芹不但马上把烟灭了，还很客气地对马主任说："我去换件衣服。"

当马水芹再次出现在马主任面前时，只见她身穿一套工作装，帽子整齐地戴在头上不露一点发丝，整个人显得很精神。马主任说："当志愿者是义务的，你愿意吗？"马水芹说："我当然知道是义务的。"但当马主任把马水芹领到志愿者队伍前的时候，人们先是一愣，而后个个倒退着，谁也不想与她站在一起，这让马水芹尴尬万分，但马主任毕竟是马主任，她说："马水芹和我一组，其他人各自组合。"

到了现场，还真有不少来换卡的老年人，有几名老人还显出了几分焦躁。没等马主任开口，只见马水芹跨前几步说："老姐姐老哥哥们不要着急，排好队伍慢慢来。"马水芹说话的语气温柔可亲，稳定了老人的情绪。马主任静静地观察起这个刺头马水芹，她好像换了个人似的，在队伍前后忙碌，态度和蔼，语调亲切。其中有一位老人认出了她，惊奇地说："你不是马水芹吗，怎么也来做志愿者了？"只见马水芹脸红了一下，朝那人点了点头又继续做着自己的事。边上一些知道马水芹的人都啧啧称奇地说："这个破脚骨，做起事来还真像回事！"

换卡工作结束，志愿者们都感到有些疲惫，马水芹却好像打了鸡血一样，没有一点疲劳的样子。马主任走上前去说："想不到你做群众工作做得这么好，我得好好向你学习！"马主任接着又说，"要是你明天有空的话，可同我一起去参加一个卫生检查活动。"马水芹高兴地点了点头，对着马主任鞠了一躬。

第二天，马主任刚进社区办公室，马水芹就来了，她手里捧着昨天穿过的马甲和帽子，说："马主任还给你。"马主任用手一推说："这套行头你留着，以后要你做的事多着呢！现在你再把马甲穿上帽子戴好跟我走。"

这次马主任带着马水芹和另外两个志愿者，来到城东的一个社区。社区工作人员热情欢迎他们的到来，然后一起来到检查点。城东的这个社区位于城乡接合部，居民家门口不但有菜地，还有散养的鸡鸭。社区工作人员说："问题你们也看到了，要是不解决好，就拖了整个文明城市建设的后腿，所以我请你们来帮忙，看看有什么办法解决。"工作人员边说边上前握住马水芹的手说："马大姐，听说你在这方面很有发言权，能给我们讲讲吗？"这下把马水芹闹了个大红脸，心想自己家鸟笼里还养着鸡呢，马水芹心里翻江倒海起来……

第二天，有人对马主任说马水芹把鸡杀了，还不知从哪里弄来了几盆花放到了老屋的周围。马主任会心地笑了。

不久，城东社区派人来取经了，在看了焕然一新的社区面貌后，都竖起大拇指，还非要请马水芹去他们那传经送宝。

只见马水芹红着脸说："搞好社区环境建设，人人有责啊！"她的话音一落，四周响起一片掌声！

暗中有鬼

俞　冰

　　唐伟和刘倩在百花园买了一套二手房，作为新婚爱巢。这百花园虽然是个老小区，但设施齐全、环境优美，小两口非常喜欢。

　　这天清晨，夫妻俩睡得正香，突然屋外响起了"笃笃笃"的敲门声。刘倩被吵醒了，拿过手机一瞧，还不到4点。"这么早，谁会上门啊？"她一边嘀咕，一边起床去开门。

　　可打开屋门后，外面空无一人。咦，好奇怪，自己耽搁的时间并不长，来人咋就走了呢？刘倩满腹狐疑地返回了卧室。

　　这时唐伟也醒了，揉着惺忪的睡眼问："小倩，大清早的，你进进出出忙啥呢？"

　　刘倩把刚才的事说了一遍。

　　唐伟笑道："我没听见敲门声，会不会是你弄错了，或者做梦产生了幻觉？"

　　"怎么会！"刘倩双眉微蹙。

　　唐伟打了个哈欠，嘟囔道："管他有没有人敲门，睡觉要紧。"说完，翻了个身，准备重返梦乡。

　　刘倩无奈，只好也闭上了眼睛。

　　就在此时，"笃笃笃"的敲门声又响了起来。这回唐伟也听得清清楚楚。

　　"嘿，不是我的幻觉吧？"刘倩用胳膊肘轻轻捅了捅丈夫。

　　唐伟"嗯"了一声，披上衣服去开门。

　　然而蹊跷的是，跟刚才一样，屋外连个人影都没有！唐伟警觉起来，立刻"蹬蹬蹬"跑下去察看，但是，从四楼一直追到一楼，也没寻见敲门之人。

　　"真是见鬼了！"回到家里，唐伟皱着眉自言自语。

刘倩紧张地问："到底咋回事啊？"

唐伟没吭声，陷入了沉思。

刘倩胆子小，又有点迷信，顿时慌乱起来，嗫嚅着说："难道……难道这屋子不干净？唉！都怪咱俩太马虎，买房前没仔细打听打听！"

唐伟听后"扑哧"一声笑了，搂住妻子安慰道："瞧把你吓的，这世上哪有鬼啊，除非有人在捣鬼。"

"你的意思是，这敲门声，是有人故意弄出来的？"刘倩问。

"应该是的。"唐伟挠了挠头，"不过，事情有点蹊跷，刚才我追得很快，正常情况下，捣鬼的家伙根本没法溜掉，但不知咋搞的，他竟然消失得无影无踪。"

谜团一时难以破解，唐伟只好和刘倩回卧室休息。

可躺下还不到半小时，"笃笃笃"的敲门声再次响了起来。唐伟和刘倩对视一眼，脸上都现出了愤怒。接着，唐伟悄悄跳下床，蹑手蹑脚朝外摸去。

走到门后，唐伟轻轻拧开门锁，迅速朝外一推……原以为这下能将敲门人逮个正着，结果发现，除了从窗外吹来的阵阵凉风，楼道里啥都没有。唐伟见状，不由打了个激灵。

经过这么几番折腾，夫妻俩再也没了睡意，眼睁睁挨到天亮。

接下来的几天里，隔三岔五就会响起诡异的敲门声，有时是半夜，有时是凌晨。夫妻俩被折腾得无法安睡，他们想了许多办法，却抓不到狡猾的敲门人。

刘倩揉着黑眼圈，恨恨地说："一定要把那坏蛋查出来！"

唐伟说："经过反复琢磨，我已经锁定了目标。"

"是谁？"刘倩迫不及待地问。

唐伟抬手指了指对门。

"什么？你怀疑是老张？"刘倩吃惊地瞪大了眼睛。

唐伟撇了撇嘴："不是怀疑，是确信！因为，从时间上看，能敲完门就迅速溜走的人，只可能是住在对面的邻居。"顿了顿他又补上一句："但是，咱们两家无冤无仇，我实在想不通，老张为啥要那样做？"

刘倩低头琢磨了一会儿，突然一拍大腿说："对了！肯定是这个原因！"接着，她道出了自己的分析：一周前，刘倩的闺蜜婷婷带着一只小狗来做客，那小狗在老张家门口撒了一泡尿。当时刘倩光顾着跟婷婷说话，忘了把那泡尿擦掉。刘倩认为，老张很可能因此怀恨在心，所以用敲门来报复。讲到此，刘倩恍然大悟地说："怪不得，前两天我在门口碰见老张，觉得他的眼神有些躲躲闪闪，原来是做贼心虚！"

听完妻子的话，唐伟皱眉道："老张的心眼也太小了，为了芝麻大的事，竟然使出这种下三烂的手段！"

刘倩说："老张两口子已经退休，白天可以补觉，再加上他们原本就醒得早，才想出这个法子来骚扰咱们。"

唐伟觉得妻子讲得很有道理。

此时，刘倩已怒不可遏，她拉起唐伟的手，气冲冲道："走！咱们找他评理去！"

唐伟连连摇头，一迭声说："去不得！去不得！"

"为啥去不得？难道还怕他不成？！"刘倩对丈夫的怯懦很不满。

唐伟解释道："不是怕他，俗话说捉贼捉赃，咱手头没有任何证据，凭啥指责人家？"

"可是，他早有防范，没法当场抓到他，怎么办呢？"刘倩犯了愁。

唐伟微微一笑："山人自有妙计，你就等着瞧吧。"

很快，唐伟家的门楣上出现了一个圆溜溜的摄像头。

正当小两口摩拳擦掌，等着用摄像头捉"鬼"时，老张找上门来了。

"这玩意儿是你装的吧？"他指了指摄像头，问唐伟。

唐伟点点头。

"为啥要装这个？"老张虎着脸继续问。

唐伟支支吾吾地解释道："怕……怕家里进贼……"

老张冷哼一声，没好气地打断道："摄像头对着我家大门，侵犯个人隐私，必须马上拆除！"说到这儿，他瞅瞅唐伟，欲言又止。

唐伟心中暗骂："老东西，法律观念还挺强。"但人家说得在理，他只好拆掉了摄像头。

次日凌晨，敲门声又响了。

唐伟和刘倩忍无可忍。一大早，他们来到社区居委会，向居委会汪主任告状。

听罢案情，汪主任告诉他们：昨天傍晚，老张已经来过居委会，也投诉你们用敲门声制造恐怖。现在，他老伴被吓得心脏病发作，正在住院。老张要求居委会严肃处理此事。

"什么？我们敲他家的门？"唐伟听得火冒三丈，拍着桌子吼道，"这叫贼喊捉贼，恶人先告状！"

刘倩附和道："是啊，咱家跟他家从来没发生过摩擦，干吗暗中使坏呀！"

汪书记看看夫妻俩，沉吟着说："从未发生过摩擦？人家老张可不这么想，他认为你俩是怀恨报复。"

"怀恨报复？这话从何说起？"唐伟问。

汪主任讲起了事情的原委：前些天，老张在阳台外晾衣服，不小心有个衣架失手滑落，砸到了唐伟的汽车。老张见车子并未受伤，捡回衣架后就没吭声。现在，老张怀疑唐伟知道了这事，心疼爱车，用夜半敲门来报复。

听完这番讲述，唐伟和刘倩面面相觑。

汪主任问："老张的猜测有没有道理？"

"没有！"唐伟苦笑道，"因为，我们压根儿不晓得衣架砸车这事儿！"

汪主任挠了挠头，为难地说："你们两家各执一词，我不知该听谁好。这样吧，你们先回去，我们仔细调查调查。"

三天后，刘伟夫妇和老张被请到居委会，汪主任向他们公布了调查结果：捣鬼般的敲门确有其事，别的邻居也听到过，但制造敲门声的，既不是唐伟夫妇，也不是老张。

"那是谁？"三人异口同声地问。

汪主任干咳一声，说："其实，谁也没敲门。"

谁也没敲门，那这诡异的敲门声从何而来？三人听得一头雾水。

汪主任看出了他们的疑惑，掏出手机解释道："喏，答案就在这儿。"说着，指了指手机屏幕。

三人凑上去，看见了一张啄木鸟的照片。

"它跟敲门声有啥关系？"唐伟不解地问。

老张也很困惑，跟着问："难道，是这啄木鸟来敲我们两家的门？"

汪主任摇摇头，笑着揭开了谜底。照片上的这种啄木鸟叫大斑啄木鸟，主要生活在城郊山区和市区的一些公园内。那"笃笃笃"的"敲门声"是它在四楼外墙的保温层上凿洞，为过冬储备食物。大斑啄木鸟之所以选择楼体保温层，可能是因为保温层平整好凿，并且敲击声酷似敲击树干发出的声音，让它误以为这儿适合储粮。目前，社区工作人员已赶走了大斑啄木鸟。

最后，汪主任语重心长地说："大斑啄木鸟在你们小区出现，说明生态环境越来越好了，但是，人文环境也得跟上啊！"

听了这话，唐伟、刘倩、老张的脸都红到了脖子根。

不久，唐伟夫妇和老张夫妇重归于好。他们很感激那只大斑啄木鸟，因为，它不仅能捉树上的害虫，还捉走了破坏邻里团结的"暗鬼"，这"暗鬼"就潜藏在人的心中！

风　光

龚群伟

　　都说人逢喜事精神爽，更别说是儿子要娶媳妇这样的大喜事。老沈的儿子阿凯再过两个月就要结婚了，但老沈总是一副心事重重的样子。每当如此，老沈的妻子就气不打一处来，她知道丈夫又在为婚礼桌数的事烦恼了，两口子为此可没少吵架。

　　这一天，两口子又因为这个事情吵开了。

　　"要我说啊，你一个退下来的社区书记，还顾虑那么多干吗？咱们就这么一个儿子，给他办婚礼，那当然是怎么风光怎么来。你要是还在书记任上，那我也绝不让你去违反组织纪律，但现在你都已经退下来了，哪儿有那么多约束？办酒那是咱们自己的事情，想请谁请谁，想摆几桌就摆几桌。"老沈的妻子越说越气恼。

　　妻子说的自然也有些道理。不过，老沈还是有自己的顾虑。在普兴社区当书记二十多年，老沈从来都是兢兢业业地为社区工作，把组织纪律看得比任何事都重。早些年撤村建居、拆迁安置，再大的资金往来他也没动过一点儿歪脑筋。后来，社区集体经济经营，他也能牢牢把握住分寸，没有往自己的口袋里装进一分钱。现在大家的生活都富裕起来了，家家住的都是小洋房，房屋出租、集体经济收益分红，光这些就是一笔可观的收入。按说，以老沈家现在的生活条件，给儿子结婚办得风光些，那也是顺理成章的，但是，他还是担心会有人说闲话，觉得他给儿子操办婚事是借机敛财、铺张浪费，必然在书记任上就收了不少好处。每每想及如此，他就不禁头皮发麻。他虽然现在不当这个书记了，但毕竟还是党员，在普兴社区多少也有些名望。他也担心，自己若是带了不好的头，会影响年轻干部的思想定力。

"你可别忘了，你还答应过咱妈的，会把阿凯的婚事操办得妥妥当当、风风光光的。"妻子眼见还是没有说动老沈，赶紧搬出了救兵。

是啊，当初阿凯奶奶还在世的时候，自己就再三保证过，老沈不禁感到有些愧疚。儿子和儿媳都是医生，平日里工作繁忙，为了让儿子和儿媳能够安心工作，他便把操办婚礼这活儿揽在了自己身上。按说这也没啥，儿子结婚，当老子的自然是要出力的。可是，如果是因为自己的原因，把儿子的婚礼办得寒碜了，别说无法跟去世的老人交代，就是面对儿子和儿媳，他也觉得面上无光。

儿子阿凯此时推门而入。正好，听一听当事人的意见。老沈妻子想着平日里儿子跟自己要比跟丈夫亲近许多，儿子总应该会站在自己这一边。

未承想，儿子阿凯这次却毅然与老沈站在了同一阵线，这可把老沈妻子给气坏了。

"你这臭小子，婚姻大事，一辈子可就这么一次，就得办得风风光光的。婚礼办得隆重，才显得我们对儿媳妇和亲家的重视，要是婚礼办得太寒碜，人家就会觉得我们沈家娶媳妇一点诚意都没有，背地里还不知道怎么说我们呢。"

"爸妈，我跟小芹都觉得婚礼简简单单就行了。其实，说实话，按照我们的想法，不用办酒也能结婚，旅行结婚现在不也是很流行吗？"

"看吧，现在是二比一，你呀，少数服从多数。"老沈突然露出了久违的笑容。

"哼，就由着你们父子瞎胡闹吧，我不管了。"老沈妻子有些气急败坏，一拍屁股就径直回房间去了。

"你妈的思想工作还得继续做啊。"老沈意味深长地对阿凯说。

当晚，老沈一狠心，把原来的五十多桌减到了十六桌，气得妻子整个晚上都没睡着，但是看老沈态度如此坚决，再看儿子跟自己也不是一条心，想想便由着他们去了。

一个月后，就在儿子婚礼临近之时，上海的新冠疫情又一次严重起来。儿子阿凯和儿媳作为第一批医疗队成员火速驰援上海，抗击疫情。

而老沈也没闲着，第一时间当了社区志愿者，夜以继日地开展疫情防控工作。

疫情的突然来临，意味着儿子的婚礼得延迟。相较于儿子婚礼延期举办的遗憾，老沈心中更担心儿子儿媳在抗疫一线的安全。

这一天，老沈和妻子正在家中看电视，儿子阿凯突然打来了视频电话。

"爸妈，还记得今天是什么日子吗？"没等儿子说完，老沈遗憾地说："婚礼的日子呗。""爸妈，我跟小芹商量好了，我们的婚礼不用延迟，你们看……"说罢，他把镜头换了个方向，镜头里显现出的是一个方舱医院，只见现场站着许多医护人员，他们脸上洋溢着祝福的笑容，一个个都向老沈夫妻挥手致意。随着镜头的移动，屏幕上闪现出了"新婚快乐"四个大字。

"你……你们……"

"我和小芹，决定在方舱医院举行我们的婚礼。过去老一辈革命者在充满硝烟的战场上举行婚礼，今天我俩在没有硝烟的抗疫战场上致敬婚姻与爱情，让我们的婚礼变得更有意义。"

第二天，儿子阿凯在方舱医院办婚礼的事情上了热搜，多家新闻媒体和平台都对此进行了宣传报道。一时间，无数的网友在评论区里留下了赞美之词，老沈一家也成了当地的新闻人物。

老沈和妻子突然觉得，这婚礼办的，那才叫真正的风光。

生日宴会

祁丽华

赵老师退休五年了，一对儿女也先后从浙大毕业参加工作。兄妹俩都在省城工作，生日都在农历九月，趁着双休日他们要回家来，赵老师决定为兄妹俩提前过生日。

为了给孩子一个惊喜，赵老师什么也不说，悄悄地上街买了两个大蛋糕，又烧了一桌好菜在家等着。她美美地想象着两个孩子进门的样子："哇！这么多好菜呀！"

两个孩子终于回来了，没进门就在门口大叫："妈妈，我们回来了！"赵老师穿得整整齐齐的，微笑地出现在门口，用悦耳的声音说道："赵新、赵丽两位同学，欢迎你们回家来，请进门吧！"说着，她还做了一个优雅的手势。

令人有些失望的是，赵老师一对儿女并没有表现出应有的热情，儿子好像很急的样子："妈妈，我们不进屋了，还有很多事，您也准备一下，等会儿到饭店吃饭去！"

赵老师笑了。"哪天到饭店吃饭都行，可今天不能去！"说完她又卖了一个关子，"你们知道九月份有两个重要的日子吗？"两个孩子面面相觑一脸茫然，见此情景，她自己亮出了答案："是你们的生日啊！"

一对儿女都笑了："知道啊！我们今天就是为过生日回来的！"赵老师更开心了："那快进来吧，妈妈菜都烧好了，生日面也……"儿子打断她说："妈妈，您烧好的菜明天热热还是可以吃的。过生日嘛，我和小丽商量过了，就放在帝豪大饭店！"女儿赵丽看着手表着急了："妈妈，我们时间紧张，客人要来了，您准备一下，等会儿有人来接您！"

"等等！"赵老师有点不高兴了，"小新、小丽，你们说什么？到帝豪大酒店过生日？我听说上那儿吃餐饭都要几千元，这不是浪费吗？在家过生日不好吗？"

见妈妈生气，女儿像孩子似的拉着妈妈的手撒娇："妈妈！咱家现在日子好过了，偶尔也得赶赶潮流时尚一把嘛！过个生日高兴热闹一下，这回听我俩的，好吧？待会儿见！"说完她朝妈妈做个鬼脸，拉着哥哥一溜烟地跑了。

赵老师的满腔热情，像被当头浇了一盆凉水。她呆呆望着渐渐凉却的一桌子菜，心里感觉有点堵得慌，不禁想起了许多往事。她的一对儿女年龄相差三岁，每年的生日只相隔两天，一个是农历九月初三，一个是农历九月初六，因此兄妹俩每年都一起过生日。

那年丈夫生病住院，两个孩子还在上小学。孩子的生日到了，那天她请同病房的人照顾丈夫，自己专门乘车从县城赶回乡下家里，给一对孩子各烧一碗葱油面，又各煎了两个鸡蛋。中午放学的时候，两个孩子看见妈妈，惊喜地跑上来抱住她说："妈妈，我们好想你，好想爸爸！"

与孩子短暂地相聚后，她又匆匆赶回县城医院，到了病房里她才发现，原来两个孩子趁她不注意，把四个鸡蛋放进了她的包里。女儿还留了一张条子，上面写着："妈妈：我和哥哥在家里很能干的，饭没有烧焦过，还天天浇菜园子。您和爸爸不要担心。我们吃过生日面了，四个鸡蛋给您和爸爸补身子。我们祝愿爸爸身体快点好起来，早点回家！"

多么懂事的一对孩子啊！那四个鸡蛋，她和丈夫是含着笑和泪吃下去的。丈夫去世后这十多年，她每年给孩子过生日都是一碗面加两个鸡蛋。此外她每年还给班里的孤儿过生日，平平常常一碗葱油面，孩子们吃得很开心啊！

可盼啊盼，盼着日子好过了，孩子人大心也大，学会讲排场了。自己今天烧了整整一桌菜，还买了大蛋糕，可孩子却连看也不看一眼……

赵老师心中有失落、有伤感，还有隐隐的担心。这时门外响起了汽车喇叭声，女儿满脸笑容地走进来了："亲爱的妈妈，万事俱备，只等您大驾光临了，咱们快走吧！"突然，她又叫起来："妈妈，您怎么穿得这么灰不溜秋的？快把我上次给您买的那件新衣服换上！要体体面面的才行！"

说完女儿就"噔噔噔"地上楼去了，一会儿就拿下来一件新衣服一边给妈妈换上，一边说："妈妈，知道吗？今天来参加生日宴会的可都是大人物！有青云股份有限公司的董事长、省城浩翔集团公司的总裁，还有云飞高级中学的校长……"赵老师听她说这些头都大了，她想不通自己的儿女过个生日，这些大人物为什么会来捧场。想着在政府部门工作的儿子，刚刚被任命什么科长，她心里不由担心起来："小丽啊，我和你说，这做人啊还得实实在在……"

她还想说下去，小丽故作生气地说："妈妈，您教育了我们一辈子，我和哥哥什么时候不听话了？不过话要说回来，今天可是好日子，您老不准给我上课啊！"

赵老师一想也对，儿子女儿今天过生日，也算是高兴的事，其他事情待以后再交流。想到这儿赵老师就说："那好吧，咱们到帝豪酒店去吧！妈妈要开洋荤喽！"

帝豪酒店一派金碧辉煌，生日宴会上摆满了赵老师叫不出名堂的山珍海味。走入这样的环境中，赵老师站也不是，坐也不是，只觉得浑身不自在。

正在这时，宴会大厅的彩灯亮了起来。

赵老师这才发现，宴会大厅的横幅上写着"祝赵惠娟老师六十岁生日快乐！"。赵老师这才知道，今天儿女们在帝豪大酒店设下酒宴，原来是给她过生日！她低头一寻思，可不！自己的生日不正是今天吗？多年来她只想着儿女的生日，早把自己的生日忘到九霄云外去了。赵老师激动地抹起了眼泪！

"妈妈，您什么也不用说，先带您认识几个人！"儿子转身对着一个中年男子说，"妈妈，他是青云股份有限公司的董事长！"那男子拉住她的手说："赵老师您还记得我吗？我是齐樟生啊！"赵老师激动得说不出话来：齐樟生是她班上的一个孤儿，那时她经常带他回家吃饭！齐樟生说："老师啊，我永远忘不了九岁生日那天，您给我烧的那碗葱油面！"

赵老师还没缓过神来，女儿小丽又拉过两个人来："妈妈，这位是省城浩翔集团公司的总裁叶炳火，这位是云飞高级中学的校长张晓蓝，他们都是您的学生！"

话未说完，叶炳火一把抱住了赵老师："老师，那时我家穷啊，几次差点辍学，是您鼓励我坚持，还省吃俭用给我交学费，没有您，就没有我的今天！"说到这儿他抹起了眼泪："为了表达我们的感恩之情，我们与您的儿女商量一起为您庆寿！今天这生日宴里有儿女的孝心，更有学生的敬意！现在我提议，请大家举杯，一齐为赵老师的健康幸福干杯！"

"祝你生日快乐，祝你生日快乐……"满堂人起立，充满欢乐的生日歌从窗口传出，沿着灯火辉煌的大街弥漫到天空……

雏燕归来

孔红红

　　卿卿咖啡馆是一家很特别的咖啡馆，店里不卖拿铁，也不卖卡布奇诺，每一种咖啡都是老板娘黄莉卿亲手调制的，极具个性，因而店里的顾客也大都是些老顾客，其中又有很多是高管和白领。卿卿咖啡馆虽然没能日进斗金，但收入还是很稳定的，而黄莉卿喜欢的也正是这种轻松自在的生活。新冠疫情发生以后，这座城市虽然不是重灾区，但也启动了公共卫生一级响应机制，其中餐饮业首当其冲。黄莉卿的咖啡馆当然也只能暂时关门，但谁也没想到，这门一关就将近半年。其间，大家纷纷开始自救，有的去别的行业做了"共享员工"，也有的做起了网上的生意。黄莉卿的选择是做一名货车司机，这个行当由于装车卸车很多时候都要扛包，所以很少有女人干。于是有人就说："你一个女人家，却去干男人的活，干吗要如此苦了自己？"黄莉卿开咖啡馆时的很多老顾客，都和她加了微信好友，也都给她出主意说："你就干脆继续给我们调咖啡，一杯一杯地让快递送，我们保证不会让你吃亏。"但黄莉卿却说："我开货车就是为了要磨炼一下自己，新冠疫情让我明白了一个道理，人必须要居安思危，要练出一身抵御灾祸的能力。"

　　李清泉和钟桂月夫妇是做外贸生意的，受疫情的影响，生意也陷入了困境。两人也积极开展自救，开着车四处奔波，意图打开国内市场。这天，李清泉开着车在转入一条支路时，突然发现这条不足六米宽的小路热闹非凡，不光有很多人在路上任意穿梭往来，路两旁还杂乱地停着好多正在装货卸货的汽车，与外面那条冷清的大街好比是冰火两重天。原来这里有一个很大的建材批发市场，而这条支路正是市场装货卸货的地方。李清泉夫妇是做外贸生意的，与建材行业风马牛不相及，所以对这里一点都不熟悉，蓦然驶入这样的环境中，头脑就有点发蒙，再加上这些日子忙着开辟内销业务，休息得少，身体也很疲劳，竟然把油门当成了刹车，一脚下去，车子就像出膛的炮弹一般猛冲了出去，撞上了一辆正在装货的货车。

这辆货车正是黄莉卿的，车上的货已装了一大半，此时黄莉卿正推着运货的小车从市场里出来，只听得外面传来一声撞击声，接着又传来惊叫声，市场里也有人拔腿往外跑，她就预感到发生了什么事。出了市场一看，呈现在她面前的是一场惨烈的车祸，那辆撞上自己货车的小车整个车头都陷了进去，车上的两个人血肉模糊，且都已没有了知觉。人命关天，黄莉卿这时候已顾不得去查看一下自己的车被撞得怎么样了，赶紧参与了对伤者的救援。过了没多久，110和120都来了，警察开展了事故调查，伤者也被送去了医院。最后的结果是：钟桂月因伤势过重，不治身亡；李清泉虽然救了过来，但也失去了一条腿。

警察的调查结果也出来了，李清泉负全责，所以他不光要承受因车祸带来的巨大痛苦和悲伤，还要赔偿黄莉卿的货车损失，这对李清泉来说无疑是雪上加霜。黄莉卿心地善良，觉得李清泉一家经受了如此大的灾难，再要他赔偿自己的损失，有些不忍心。于是她就自己掏钱修好了车，对李清泉说，她的车是上了全额保险的，一切损失都由保险公司负责理赔，让他安心养伤，不必将此事放在心上。之后，她又几次买了慰问品去看望李清泉，还对他说："你有什么需要尽管对我说，只要是能力所及的，我一定会给予帮助。"

李清泉遭此大难，也确实已到了山穷水尽的地步，很需要得到帮助，但他也是个很硬气的人，觉得黄莉卿与他非亲非故，还是他车祸的受害者，虽然人家心地善良，但自己又怎么好意思再去麻烦人家，所以他总是回复黄莉卿，说他的事情基本上都已解决完毕，况且家里还有一些外贸存货，整理整理卖了，也能保障今后的生活，再不能麻烦她了。

可是此事过后还不到一个月，李清泉却拖着还没痊愈的伤腿，挂着拐杖来找黄莉卿了。原来李清泉和钟桂月有一个十五岁的女儿李丹，也是夫妇俩最大的希望，去年就送去了美国留学，并且已经给她预存好了留学的全部费用。车祸发生后，李清泉原来是想暂时瞒着李丹，不去打扰她在大洋彼岸的学习生活，可是没想到美国的新冠疫情变严重了，而这时中国的疫情在严密封控的政策下开始趋于稳定，于是那些留学美国的中华学子纷纷想回国避疫。可是那时候李清泉还在医院里治病，消息不灵通，等到他知道了这一情况，想要把李丹接回来时，中美之间已经断航。李丹还那么小，不具备防御风险的能力，在这非常时期，让她一个人留在疫情风暴中心的美国，他怎么能放心？更何况现在妻子死了，女儿已是他唯一的亲人，所以他没等病好，就急急忙忙地赶到黄莉卿这里来了。

黄莉卿知道李清泉是条硬汉，轻易是不肯求人的，可见在安排女儿回国这件事上，他心里是多么的急迫和焦躁。所以她虽然一时也想不出什么好办法，但仍耐心地安慰李清泉，并向他承诺，自己一定会让李丹回国的。自那以后，黄莉卿也不跑货运了，专跑各航空公司，得到的答复都是赴美航班已停飞，什么时候重新开通谁也说不准。黄莉卿不甘心，仍四处奔波，别人都以为她是为了接自己的女儿回国，以至于她也会产生这种错觉，觉得李丹就是她的女儿，她这是在尽一个母亲的责任。由于她的不懈努力，事情有了转机，黄莉卿的微信朋友圈中，有很多都是以前咖啡馆的老顾客，其中有几个是航空公司管理层的。他们告诉她，可以用包机直飞的办法去美国接人，就是价格贵，每人需十万到十五万元，还答应审批的事可以帮着协调。这就好比是溺水的人抓住了一根救命稻草，黄莉卿哪里肯再错过，当即就答应了下来。虽然是包机，那也得凑够一定数量的乘客啊，黄莉卿便又建了一个群，群名就叫接返赴美小留学生家长群。群聊后才知道，想接孩子回国的家长还真不少，而且家长都表示，只要能把孩子从美国接回来，出再多的钱他们也愿意。

接下来就是要和李丹取得直接联系。黄莉卿向李清泉要了李丹的微信账号，加了好友，就开了视频。李丹是个大眼睛姑娘，个子虽然已经是个成人了，但脸上仍稚气未脱。黄莉卿对她说，她是受了她父母的委托，全权办理她的回国事宜，并告知李丹如何买机票和办手续。最后，黄莉卿发现李丹似乎有什么话要说，其实她最怕李丹问她父母的事。黄莉卿明白如果此时告诉李丹真相，会打击李丹那颗稚嫩的心，可能也会妨碍她的回国之旅。

经过各方努力，满载着祖国人民的关怀，搭乘着李丹等在美小留学生的包机终于顺利飞回了上海。十四日隔离观察到期的那天，黄莉卿专程赶到上海，在隔离医院门口迎接李丹。她很担心李丹承受不住母亲罹难的消息，当她平静地把李丹父母出车祸的事告诉李丹后，却发现李丹并没有像她想象的那样崩溃失控，只见她缓缓地说："阿姨，其实我早有预感。以前我每隔一段时间都要和爸妈视频的，最近好长时间没见他们找我了，我微信找他们也都不在线。后来你又出现了，我就知道他们肯定是出事了。"黄莉卿悬着的心放下了，心想打小就独立生活的孩子真是成熟、坚强啊。可就在这时，她突然发现李丹的身子在不停地颤抖，她一把抱住李丹说："孩子，你想哭就大声地哭出来吧。"

爱心蒸饺

金婷燕

　　王小美是《临江晚报》美食栏目的记者，她听说沿山路有一家叫爱心小吃店的蒸饺味道特别好，童叟无欺，是家良心店，便慕名前去采访。

　　小吃店的门面不大，装修也很朴素，墙上挂着价格表。王小美看了一眼，每笼蒸饺十元钱。王小美刚想说明自己的来意，有人喊了声："老板，来半笼蒸饺打包。"

　　"好嘞！"个头不高、有点矮胖的老板扬起锅勺，在半开放式的后厨里回应道。不一会儿，顾客的蒸饺好了。老板取盒打包好，小心翼翼地递给顾客："您的蒸饺。"客人接过蒸饺，付了十元钱。老板接过钱丢进抽屉，说了句："慢走啊！"那客人"嗯"了声，跨上电动车，正要离开，边上的王小美急了，提醒客人说："你是半笼蒸饺，老板还没找你钱呢！"

　　没想到，这客人听到了王小美的善意提醒，不但没表示感谢，反而像看怪物一样瞪了王小美一眼，摇了摇头说了句："你呀！白长了一张漂亮面孔了！"说着，跨上电瓶车扬长而去。

　　这下，轮到王小美傻了，明明是善意的提醒，怎么还被埋怨呢？

　　多收了钱的老板若无其事地转了个身，在价格表下贴了个红色的小爱心，又忙开了。

　　这个老板爱贪小便宜！王小美对这个老板有了不好的印象，她突然有了主意，自己也拿十元钱买半笼蒸饺，如果老板不找自己钱，那就是人品有问题了，自己如果帮人品有问题的人宣传，那就是为虎作伥了。想到这里，王小美学着刚才那人的样子喊了声："老板，给我也来半笼蒸饺，打包。"

老板爽快地答应道："好嘞！"

不一会儿，老板拿起打包好的蒸饺递了出来。王小美接过蒸饺，递了十元钱……

老板麻利地接过钱丢进抽屉，然后将手在抽屉里扒拉了几下……

王小美以为老板在给自己找零钱，便站在边上等候，没想到，那老板压根没找零钱的意思，而是找出了个小红心，贴在了价格表下面，然后转身顾自去忙了。王小美急了，说："老板，你还没找我钱呢？"

老板转身看着王小美说："姑娘，您应该是第一次来我们家店吧？我家的蒸饺半笼和一笼一个价，一律十元。"

"啥？半笼和一笼一个价，那为啥要少拿半笼呀？"

老板解释说："有人胃口小，只能吃半笼，所以就拿半笼，省得浪费！"

王小美有点生气了，说："那你补给我半笼，我吃不掉还可以喂狗。"

"你说啥？"老板听到这话眼乌珠瞪得像田螺。

"我说，把剩下的半笼补给我，我吃不掉宁愿喂狗！"王小美补了句。

这话一出，似捅了马蜂窝。有两个坐着吃蒸饺、民工打扮的人"啪"一巴掌打在桌子上，站起来衣袖一撸，露出了青筋外突的肌肉，吼了声："你说话文明点，再出口伤人，今天我替你父母好好教训你！"

天哪！这是个黑店呀，还养着两个打手！

王小美有些发怵，她紧张地捏着电话打算报警。这时，老板忙安抚那两个壮汉，说没事没事！然后将装好的另半笼蒸饺递给了王小美："姑娘，你不知道我们这里的规矩，我不怪你，但说话一定要文明，我们这可是文明城市，别因为你一个人而影响了城市文明！"

天哪！明明是家黑店，自己还莫名其妙被教育要文明，这算怎么回事！王小美满腹委屈，她见那两个壮汉虽然坐了下来，但眼睛还死盯着自己，只好接过老板手中的半笼蒸饺，逃似的离开了这是非之地。

身后的店老板摇了摇头，略显无奈地把刚刚贴上去的爱心撕了下来。

隔了几天，王小美沿街拍摄美食照片，又路过这家蒸饺店。因为对这家店没什么好感，也就停住了拍摄。就在这时，一个头戴安全帽的民工出现在门口，略微害羞地问道："老板，你家还有爱心蒸饺吗？"

老板笑眯眯地说："有。"

然后扒下贴在墙上的一个爱心，拿了盒蒸饺给了民工。

民工拿过蒸饺一边鞠躬，一边连声道谢，也没付钱，转了个身就走了。老板还在后面补了句："兄弟，遇到困难就来！"

怪了，这老板开的是黑店，怎么会不收钱呢？难道是"放下屠刀立地成佛"了！出于职业的敏感，王小美打算了解一下情况，但又害怕那两个青筋外露的打手，她探着头朝店里看了眼，没见到人，这才上前问："老板，他没付钱，你怎么让他走了呀？"

老板嘿嘿笑着，指了下价格表下几个红色爱心说："我这是爱心蒸饺，专门帮助生活有困难的外来人员，要什么钱呀！"

爱心蒸饺？这是怎么回事呀？

老板见王小美满脸疑惑，解释说："有些客人只能吃半笼蒸饺，我收一笼的钱，在墙上贴个爱心，我的店再送半笼蒸饺，这样，碰到了生活有困难的人，就可以免费吃到一笼爱心蒸饺了！"

天哪！怎么会这样呀！王小美知道自己误会老板了，客人因为吃不完献出了半笼蒸饺，而老板无一例外还要送半笼，这就是大爱呀！难怪上次自己无意中说了句"拿回去喂狗"惹了众怒，因为那两人是刚到城里务工的民工，因为没活干，赚不到钱，只好每天来吃爱心蒸饺，而王小美的话，伤了他们的自尊心。

了解了情况的王小美摸出了十元钱："老板，给我也来半笼蒸饺吧！"

老板开心地回应："好嘞！"然后墙上又多了一颗爱心。尽管墙皮脱落、墙面斑驳，但爱心格外耀眼。

王小美见店里没几个人了，便亮出记者证，说要对老板进行采访。

老板一听对方是记者，有些紧张，他搓搓手，倒了杯茶端到王小美面前，自己缓缓地说了起来……

原来，这老板叫杨大胖，2014年到这里找工作，不小心把钱包弄丢了。他在这个城市没有亲人，也没有朋友，不知道可以向谁求助，他感觉天都要塌下来了。

那天，杨大胖实在饿得受不了，就到小吃店吃霸王餐。他要了一份蒸饺，狼吞虎咽地吃完后，脖子一伸向老板坦白，说身上没钱。本以为老板会大发雷霆，没想到，老板平静地说："没关系，如果你身上没钱，你可以每天来吃一份免费的蒸饺。"

这件事情对杨大胖的触动很大。他好长一段时间都没找到工作，每天来吃免费的蒸饺，自己都觉得不好意思了，便在店里帮忙。后来，老板老家有事，回了乡下，这店就转到了杨大胖的手里，免费蒸饺也就变成了爱心蒸饺。

王小美静静地听着，她的脑子里始终盘旋四个字"大爱无疆"。回到报社后，王小美认认真真地敲下这些文字：

"这家店虽然很小，但为这个寒冷的冬天增添了一抹温暖。这份爱心的传递是融化冰山的旭日，是刺破乌云的骄阳。每个人都有低谷，都有落魄的时候，这个时候若有人分你'半笼蒸饺'，让你感受到这个社会满满的善意，立马会让你充满勇气。我们小小的善举，也会有改变命运的能量。共同富裕是一种爱的传帮带，这条道路虽然道阻且长，但是我们有信心，我们对正在伟大复兴的中国有信心，对社会主义有信心，对中国人的善意、努力有信心……"

婆婆来了

柴燕丹

　　小莉家在运河边的一个小镇上，小镇很繁华，有商店街道，还有很多家大小企业。小莉本是超市的收银员，因为生了宝宝，就在家当起了全职妈妈。眼看着儿子已经能满地走了，小莉就坐不住了，想回超市上班。

　　可是她的父母到北京给哥哥带孩子去了，她又请不起保姆，只得继续当全职太太。可想不到她的山东婆婆从老家来了，丈夫大壮说得很简单，说奶奶想孙子了。小莉对这个北方婆婆的到来一点准备也没有，但想想也好。她对大壮说，既然婆婆来了家里也有了帮手，自己想出去工作，让婆婆在家带宝宝。大壮连声说好。

　　小莉的婆婆是个名副其实的山东大妈，不但人长得高大，嗓门也大，但干起家务活来，却是把好手，把孙子带得妥妥帖帖，家里整理得干干净净。可有一点小莉实在受不了，就是整天吃面食。小莉可是吃大米饭长大的，天天面食哪受得了？尽管婆婆的面食天天换花样，但面食总归是面食。小莉委婉地说了几次，可过不了几天，桌上又满是面食了。

　　这天小莉上了早班，中午回家，走到家门口就听见儿子的笑声，儿子的笑声让她很开心。本来她想快步进屋，可她想看看婆婆是怎么把儿子哄得这么开心的。

　　小莉轻轻地开了门，悄悄地进到了客厅，眼前的情景，不由得让她也开心地笑了起来。她看见客厅的茶几上摆着一溜儿的面牛，牛都是半身的，身子下有一片片的菜叶，好像牛浮在水面上。牛的颜色有红、黄、紫、绿，牛背上坐着的有男娃和女娃，娃娃们都系着红肚兜，个个活泼可爱。宝宝属牛，这一溜儿小巧玲珑的牛非常喜庆！小莉说："妈，您从哪儿弄来这么漂亮的一群牛啊！"宝宝口齿不清地说："妈妈，这是我和奶奶一起做的！"

小莉再仔细一看，果然桌子的一边还有彩色的面团散着。小莉惊喜地看着婆婆，不知道这个高大的山东婆婆手这么巧，这些牛只只都是工艺品啊！这时宝宝捡起桌子上一个黄色面团捏了起来，那神情还很专注。婆婆指着面团说："这绿色的是青菜汁调的，红色是火龙果汁调的，黄色是南瓜汁，那紫色就是紫叶菜汁了。小孩子玩玩不要紧的。"

晚上大壮回来了，当他看到茶几上的面牛一点没觉得有啥稀奇的，而是说："这叫面花，我们村上有很多人都会捏，但就数我家的面花捏得最好，因为我爹每年的农闲时节，都会挑着面花担子，走村串巷去捏面花。每当村上人家办喜事时，就会请父母去捏面花，人家说什么，他们就能捏什么，神得很。可惜后来人们喜欢到大酒店去办新式喜事了，父母的手艺被冷落了。想不到这次为了宝宝，妈又拾起这活，而且宝刀不老。"

大壮又告诉小莉，捏面花是他们那里的说法，叫法还有很多，叫窝花、花糕、面花、礼馍等，其实真名应该叫"面塑"。面塑是中国民间传统手工艺品的一种，是用面粉、糯米粉为主要原料，做法有两种：一种是做来吃的，是为图个喜庆好看；另一种是用来摆设的，就要加上色彩、石蜡、蜂蜜等，还要经过防裂、防霉变处理。

大壮还告诉小莉，面塑艺术的历史源远流长，早在汉代就已有文字记载。汉代，人们把面粉制作成各种形象，是为了有视觉效果，也更能入口。南宋《东京梦华录》中就详细记载了当时东京汴梁城制作、出售各种面花艺术和民间习俗的情况，其对捏面人的记载为："以油面糖蜜造如笑靥儿。"因为是做来能吃的，所以谓之为"果食"。关于面塑的来历有这样一个传说：相传三国时期孔明征伐南蛮，在渡芦江时忽遇狂风大作，机智的孔明随即以面料制成人头与牲礼模样来祭拜江神。说也奇怪，军队真就安然渡江并顺利平定南蛮，从此凡执此业者均供奉孔明为祖师爷。而到了明代，面塑又成了祭祀的供品，明代《宛署杂记》中还记录了南阳一带农村每年的农历正月，为了祈祷来年的粮食丰收，便用面粉做成各种面食品，花样奇巧百端，百姓相互赠送，并将这些面食品挂在田间、地头，以犒劳天地之神。

大壮说明天是星期天，他小时候也捏过面花，明天和妈一起给小莉露一手。第二天小莉下中班回来，路过文化广场看到很多人在忙碌，原来是要搞市非物质文化遗产手工艺展示活动。整齐的摊位棚里有人在布展，有剪纸、烙画、竹编、木雕、石雕、花边和丝绣等，很是好看。此时小莉想到了婆婆的面塑手艺，那不也是非物质文化遗产吗？这时小莉碰见了同学小马，小马说她在这里当志愿者，小莉说自己也想当志愿者，小马开心地说正缺人哪。

当上了志愿者，手里就有了一大叠资料，看了这些资料，小莉才知道小镇有那么多的非物质文化遗产。她在想，婆婆的面塑属外来的，不知道可不可以参加此次活动？

小莉忙了一天后回到家中，大壮掀开了一块盖在餐桌上的布，让小莉大吃一惊！只见桌子上摆放一尊关公和一尊孙悟空，这两尊面塑都有三十厘米高，两个人物形象捏得栩栩如生。小莉看着这两尊光彩照人的面塑，说："我有办法了！"她立刻给小马打了电话，两人一合计就有了主意。

第二天，小莉让大壮在家看宝宝，她带着婆婆和两尊面塑一起来到非遗展示现场。她在志愿者休息的地方腾出了一张桌子，把两尊面塑放了上去，然后让婆婆坐在面塑旁边，又把带来的面塑材料放好，让婆婆开始捏面。想不到婆婆一开捏大家就啧啧称赞。这面塑是北方的手艺，南方少见，所以特别吸人眼球，不一会儿一个娃娃骑牛就捏好了，又一会儿一个小猪拜年就捏好了，这时小马把搞会展的老师请来了……

于是一切顺理成章，婆婆的面塑技艺落脚在了江南小镇。镇上的文化站站长更是热心，她对小莉说："干脆把你家小院改成面塑馆，让你婆婆的面塑技艺得到更好的保护和传承。"

就这样江南小镇又多了一个非物质文化遗产传承基地，小莉也自然而然地成了面塑技艺的传承人。

孝里还真是大有学问啊

李 萍

父亲年近九十了，身体又不好，不光要侍候他的饮食起居，还要陪他看病，催他吃药，但谷丰收从无怨言。谷丰收深知"树欲静而风不止，子欲养而亲不待"的道理，更何况他那个医学专家朋友在给他父亲仔细地检查后，明确告诉他，疾病缠身的父亲可能只剩一年的寿命，所以他只想让父亲能平平静静地过完这人生中最后的时光。

可是谷丰收又是一个部门的负责人，工作繁忙，腾不出太多的时间来照顾父亲。幸好他妻子雪梅的工作相对轻松，她对公公也还算孝顺，分担了谷丰收的担子。但是有一天，雪梅单位的领导通知她，要她去外地进修一个月。这一下谷丰收犯了愁，没有雪梅照顾父亲，两三天倒还能克服，一个月他是无论如何顾不过来的。没办法，他只得去了一趟家政公司，要求请一个临时保姆，主要任务就是照顾老人。

第二天，家政公司就派人来了，但谷丰收一见却直皱眉头。原来家政公司派来的竟然是个二十六七岁的时尚又靓丽的年轻姑娘。谷丰收觉得，这些"80后"的年轻人很多连自己的生活都需要父母照顾，又怎么能够照顾好老人？他正想开口把她退回去，姑娘却已经亲热地跑到谷老汉的面前，拉住他的手说："爷爷，我叫石惠英，你以后就叫我惠英好了。"谷老汉似乎也喜欢这个姑娘，高兴地答应着，连皱纹里都漾满了笑意。见此情景，谷丰收就把退人的话咽了回去，他决定等两天再说，如果不好，立刻通知家政公司要求换人。

出乎谷丰收意外的是，父亲和石惠英相处得非常融洽，以前谷老汉除了吃饭睡觉，大多数时间都是窝在沙发上眯着眼睛打盹。现在可不同了，屋子里经常会响起他那"呵呵"的笑声。不光如此，石惠英对谷老汉生活上的照顾也都很到位，才几天时间，她就将老人的口味摸得一清二楚，烧出来的菜几乎道道都对老人的胃口。谷丰收也放弃了换人的想法。

一个月后，雪梅进修回来了，石惠英的雇佣期也就结束了。临走之时，谷丰收发现，父亲拉着她的手，一副恋恋不舍的样子。这以后的几天里，谷老汉似乎比以前更加沉默寡言了，而且时常会显出神思恍惚的状况，似乎是沉浸在某一段回忆中无法自拔。谷丰收猜想父亲是在想石惠英，但他也没太在意，总觉得时间一长，父亲迟早会将她忘了。直到有一天，谷丰收还在上班，雪梅惊慌地打来电话，说父亲失踪了，他才意识到了事态的严重性，急匆匆地赶回家里，和雪梅两人把父亲有可能去的地方都找遍了，还是没有找到。天色已经全黑了，没办法，只能报警。警察让谷丰收想想有什么线索可以提供，谷丰收就说了石惠英的事。警察找到家政公司的经理，问到了石惠英的住址，用警车把谷丰收送到那里。这是城乡接合部的一处农居出租房，还没进屋，谷丰收就听到里面传出父亲的声音。

谷老汉见是谷丰收，一脸不悦地说："你来干什么？"

谷丰收说："我来接您回家啊。"

谷老汉说："我不回去了，以后我就住在这里。"谷丰收这才注意到，小小的屋子里已经铺好了两张床，中间还拉了一条布帘，显然石惠英已经做好了让老人住在这里的准备。但谷丰收又怎么放心得下，劝说道："爸，还是回去吧，您一个人在这里我们不放心啊。"

谷老汉说："什么一个人，不是有惠英吗？你赶快走，不然我就生气了。"同来的警察见状也劝谷丰收说："既然老人愿意，那就先让他在这里住下，过几天再来接他。"谷丰收想想也只能这样了。但是回到家里，谷丰收又发现，父亲已经把退休工资卡、医保卡和身份证全都带走了，显然已做好准备，要在石惠英那里长住了。

石惠英从此就承担起了照顾谷老汉的责任，自然也包括陪他去医院看病。有一天，谷丰收那个医学专家朋友打电话给谷丰收说："陪你父亲看病的那个女人是谁？"

谷丰收说："噢，是我爸的保姆。"

医学专家朋友说："保姆？什么时候雇的？我上星期去你家都没看到嘛。"谷丰收无奈，只得把父亲的情况说了。医学专家朋友说："如果是这样，你就得引起重视了。"

谷丰收说："你什么意思？"

医学专家朋友说："我发现他们状态亲密，一点都不像是雇主和保姆之间的关系，当心别闹出什么桃色新闻来。"

谷丰收说："你开什么玩笑，我爸都八十多岁了，还会有这种事？"

"事情不像你想的这么简单。现在社会上年轻姑娘嫁给老头子的事不是没有，为了什么？为了财产。到时候你父亲的遗产起码有一半就不归你继承了。"谷丰收听了朋友的话心里"咯噔"了一下。他父亲以前是一家事业单位的中层干部，收入不低，现在退休金每月都有四千多元，虽然不是富翁，但四五十万元的存款应该还是有的。事情如果真的像朋友所说的那样，这些钱不明不白地被一个不相干的人骗走，那可就亏大了。于是谷丰收决定，不管是否会发生这种事，都必须要去和父亲好好地谈一谈。

可是这一次的谈话同样毫无结果，虽然谷丰收好话说尽，但还是被父亲骂了一顿后赶了出来。令谷丰收没想到的是，这次谈话竟萌发了谷老汉的一个念头。这天，石惠英正一边和他聊天一边给他修剪指甲，谷老汉突然冒出一句话来："惠英，我们结婚好吗？"石惠英一怔，停下手中的活儿。谷老汉立刻就觉察到了，赶紧又说："如果你不同意，就当我没说过，千万别往心里去。"

石惠英继续沉默着，也不知过了多久，她好像下了决心似的说："不，我同意。"

谷老汉有些不敢相信地说："你……真的同意？"

石惠英说："真的。不过我有一个要求，我们的结婚必须是秘密进行的，不举行任何仪式。你看怎么样？"对此谷老汉自然不会有异议。她一个年轻姑娘，嫁给一个老头子，必定会有来自舆论的很大压力，他能理解她的想法。几天以后，石惠英陪同谷老汉来到了民政局。令谷老汉感到惊喜的是，婚姻登记处的工作人员不光顺利地给他们办好了结婚证，还为他们举行了一个小小的仪式。

谷丰收听到这个消息后，气恼得连饭都吃不下。他想不到父亲这么大年纪了还如此花心，竟然真的做出了这种事来，把二十多万元钱白白地送给了那个石惠英。

谷老汉终于即将走到生命的尽头了，他把儿子叫到床前说："平心而论，你这个儿子也还算是孝顺的，但惠英已经是我的妻子了，我的存款就应该分给她一半，到时候你一定不能阻挠，不然我会死不瞑目的。"到了这一地步，谷丰收又怎会违背父亲的意愿？只得含泪答应。

交代完这些之后不久，谷老汉便安详地撒手人寰了。等办完后事，谷丰收接到了石惠英的电话，说要和他谈谈。他们约好了在一家茶楼的包厢里见面。刚坐下，谷丰收就拿出一沓存款单说："这是我父亲的全部存款，一共是四十八万元，你看一下，拿一半去吧。"石惠英却看也不看地把存款单推回到谷丰收面前说："我不是为了钱。其实我和你父亲根本就没有结婚，那两本结婚证是假的，民政局的工作人员也只是配合我演了一场戏。"

谷丰收想不到事情会是这样的，惊愕地张大了嘴巴，好半天才回过神来，说："那你这么做是为了什么？"

石惠英说："为了临终关怀。不瞒你说，我是一名研究临终关怀的研究生，我研究的课题，就是要让老人在生命的最后时刻感到满足和自信。老人也有基本的尊严，也需要享受正常人的情感，而不能只用一日三餐去应付他们。感谢你的父亲，他使我真正体验到了这项研究的价值。"谷丰收这才明白了，他们以前其实对老人做得很不够，也难怪父亲会心甘情愿地要把遗产分给石惠英，因此十分感慨地说："看来这孝里还真是大有学问啊。"

三号除外

魏安泉

　　三江口村响应"共富共美"政策号召，大力发展旅游业，还在村口的停车场边建了几间店面房。牛魁仁见三号门面房地理位置最好，便决定将它拿下。

　　当然，要想拿到这门面房并非易事，据说开棋牌室的钱耀财放出话说要在这里开个棋牌室，还有彩筝姑娘说要开美甲馆。总之，眼睛盯着这门面房的大有人在。为了顺利拿到房，牛魁仁想到了一个人。谁呀？姐夫章发项！要知道章发项本是街道书记，你别看他已经退居二线，可在街道里德高望重，如果他能帮自己说话，这门面房就跑不掉。

　　找姐夫，这人不太好说话，对，让姐姐吹吹枕头风，肯定管用。牛魁仁家离姐姐家不远，吃了中饭走过去，也就十分钟。姐弟两个平时经常见面，也不用客套，所以落座后牛魁仁就单刀直入地说："姐，你让姐夫帮我和旅游办打个招呼，三号门面房留给我开土特产超市。"

　　姐姐牛桂花有些为难，"你姐夫这人的脾气你不是不知道，我说了他也不会听呀！"

　　"听不听是他的事，说不说是你的事，这忙，你必须帮。"

　　话说到这份儿上，牛桂花只好勉强点头："好吧，晚上我帮你说说看。"

　　姐姐答应了，牛魁仁满心欢喜，回家后就开始盘算装修的事了。

　　很快，旅游办开始招标了，告示中竟然多了一条：在招标的门面房中，三号除外。也就是说三号不在招标之内！牛魁仁连忙跑到墙角，偷偷打电话问姐姐："租房的事和姐夫说了没有？"牛桂花没好气地回答了句："早说过了，害我遭了顿埋怨。"

牛魁仁挂了电话，还是不放心。恰巧，负责这项工作的阿根正朝他走来，牛魁仁笑着说："阿根，你们三号门面房怎么不公示呀？"阿根看了他一眼，鼻子里哼了声："你姐夫有钱有势，门面房已经被他认领走了。"

哈哈！门面房到手了，应该好好谢谢姐夫，请他吃顿饭。牛魁仁想着，开着车去菜场买菜，刚进菜场，就有人喊他："老牛，买菜呀！"转头一看，是搞装修的阿青师傅。

牛魁仁开心地说："阿青师傅，我正要找你，想和你商量一下装修的事呢！"

"你新房子装修呀？"阿青师傅问。

"不是新房子，我是想让你帮我去看看三号门面房，我想开土特产超市。"

这话一出，阿青师傅愣了："那三号门面房我已经在装修了呀！今天彩筝已经去联系装修材料了。"

什么？彩筝已经在联系装修材料了？牛魁仁简直不敢相信自己的耳朵。

阿青师傅又阴阳怪气地补了句："这事你姐夫清楚，你问他就知道了。"

牛魁仁的火气腾地就上来了，菜也不买了，钻进车里"砰"地关上门。正要发动汽车去找姐姐算账，竟发现姐夫章发项和彩筝从巷子里说说笑笑地走了出来。好哇！你们这对狗男女，看我怎么收拾你们！牛魁仁想冲出去，一想不妥，他眼珠一转有了主意，调转车头去了姐姐家。

姐姐正在搞卫生，牛魁仁气呼呼地往沙发上一坐，说："姐，你在家做得累死，篱笆要扎牢，防止野狗钻进来！"

牛桂花听了这话停下手中的活问道："魁仁，你这话中有话，什么意思呀？"

牛魁仁趁机挑拨说："姐，你真是个老实人，上次我让姐夫帮我租房，他倒好，房是租了，给了狐狸精彩筝了。两人出双入对，可亲热了。你可小心点儿，别被戴了帽子还不知道。"

牛桂花瞪了他一眼："别胡说八道，你姐夫的为人我还是了解的，他是正派人。"

"好，好，算我多嘴，别到时哭都来不及。"

姐弟俩不欢而散。牛桂花虽然当面驳斥了弟弟，但也心生疙瘩，要知道无风不起浪，自己的弟弟总不会无缘无故冤枉姐夫吧！当天晚上，趁丈夫洗澡时，牛桂花偷偷拿过丈夫手机想查看下情况，没想到手机"滴"地响了下，是微信留言。打开一听，竟然是彩筝娇滴滴的声音："章主任，明天我在三号房等你，千万别忘了哈！"

牛桂花可是个有心计的女人，她不动声色地将手机放在了原位，装出一副什么也没发生过的样子。

第二天是双休日，一早，章发项夹着公文包出了门。牛桂花丢下手中的活，骑着电瓶车跟着老公，她要来个捉奸成双。

章发项在村里慢悠悠地走着，牛桂花怕被发现，拐进了条小路，避开了老公。到了三号门面房时，她将电瓶车停好，然后躲在了旁边。

没一会儿，章发项来了，直接进了三号门面房。

牛桂花蹑手蹑脚地跟了过去，探头朝里望去。哼哼！这章发项和狐狸精彩筝正说说笑笑地在搭货架。牛桂花实在忍不住了，冲进去就骂："好哇，章发项，你每天忙忙碌碌，原来在安排小家了呀！"

"你……你怎么来啦？"章发项吓了一跳。

"桂花姐，你说什么呢？"彩筝一脸无辜样。

"别演戏了，昨晚微信留言我看到了，你们把我当傻子呀！"

就在这尴尬的时候，村里的王书记和跛脚阿二走了进来。王书记见他们在吵架，哈哈笑着说："桂花姐，你误会了。村里这些门面房招标，三号门面房是除外的，因为根据'共富共美'的有关规定，阿二是我们的重点帮扶对象，所以，村里将三号门面房留给了阿二。"

边上的阿二也不好意思地说："桂花姐呀，这些年，章主任和我家结对子，以前小店地段不好，基本没生意，全靠章主任接济。村里响应'共富共美'的政策号召，将三号门面房租给了我。彩筝是义工骨干，得知情况后义务来协助我装修和采购超市货品，这些天，真是辛苦她了。"

是这样呀！牛桂花一阵脸红。章发项朝着老婆叹了口气说："你呀！这么多年的夫妻，还疑神疑鬼，都是闲的。以后呀，闲着无聊，就跟彩筝去当义工，省得无事生非！"

桂花不好意思地白了老公一眼："你咋不早说，我还真喜欢去当义工出点力气呢！"

终成正果

胡祖明

1. 混混当兵

十几岁时，赖兴成就失去了父母，好在父母给他留下了两间板房。他将其中的一间出租，此外又搞些偷鸡摸狗顺手牵羊的活儿谋生，成了一名混混儿。赖兴成所在的青溪县虽然不大，却有一座颇具规模的化工厂，由于战争，工厂已停工废弃。日本人占领青溪后，从各地招来了一些人，使化工厂重新开始了生产。赖兴成的房客刘先生就是化工厂的一名工程师。刘先生人很好，经常会在赖兴成遭遇困境时接济他，帮他渡过难关。赖兴成也把他当成了朋友。

一天深夜，化工厂发生了爆炸，接着又响起了一阵密集的枪声。赖兴成虽然被吵醒了，但他却懒得去理睬这些事。正准备继续睡觉，却听到板壁上传来叩击声，接着就听到刘先生的声音，他说："兴成，兴成，你能到我这里来一下吗？"赖兴成穿好衣服到了隔壁，推开门点亮灯一看，不觉倒吸一口凉气，只见刘先生倚坐在板壁上，脸色苍白，呼吸急促，他的身下流淌着一大摊鲜血。赖兴成吃惊地问："刘先生，你怎么受伤了？快，我送你去医院。"

刘先生抬手阻止了赖兴成，说："不用了。我把小鬼子的细菌仓库给炸了，成功完成了任务，已经死而无憾了。"赖兴成这才意识到，刚才化工厂的爆炸原来是刘先生干的，他也肯定是因为这个受了伤，不禁埋怨说："刘先生，这么危险的事，你干吗要去做呢？"

刘先生说："兴成，现在告诉你也没关系了。我是共产党员，共产党员为了人类的解放事业，是随时准备献出宝贵生命的。"此时刘先生的呼吸已经越来越微弱，他拉住赖兴成的手，下巴朝那张旧书桌略指了指，用尽最后的力气说："我抽屉里的那些东西都送给你，那些资料你藏着，今后或许有用。"说完这句话，就咽下了最后一口气。

赖兴成拉开抽屉一看，里面有一些钱，还有一沓纸，纸上写着字和一些数字，这或许就是刘先生所说的资料。赖兴成反正也看不懂，既然刘先生说过有用，他就去把纸藏了起来，又在后院挖了个坑，把刘先生的尸体埋了。第二天，日军就进行了全城大搜捕，找到了刘先生的住处，但没找到人，也没发现有价值的线索。他们又把租房子给刘先生的赖兴成抓了去，但也没问出什么来，又了解到他确实只是个小混混儿，就把他放了。

抗战胜利后，赖兴成也没混得多好，仍是这么饥一顿饱一顿地活着。解放战争开始后，解放军步步推进，国民革命军为了扩充军力抵御解放军的进攻，四处拉壮丁。此时的赖兴成已是一名青年，却还是无所事事到处闲逛，自然也被抓了壮丁，并被编入了国民革命军某部的 162 团。这 162 团是国民革命军的一张王牌，装备精良，战斗力强，曾在对日作战中屡立战功，那个王团长更是一名骁勇善战的猛将。国民革命军布置了一道防线，162 团被委以重任，奉命布防在一个叫榆林镇的地方。这个地方很重要，如果被击破，整道防线都可能失守。

2. 冒充共产党员

赖兴成虽然成了一名军人，但仍没改掉他的混混习气，训练时漫不经心，还喜欢贪小便宜，因而同僚们都有些瞧不起他。一天晚上，赖兴成偷偷跑出营地，想到附近的玉米地里偷几个玉米棒子烤着吃，解解馋瘾。刚走到青纱帐边，就听到里面传出说话的声音。赖兴成感到很奇怪，心想这个时候谁不睡觉还在这里？莫非也像他一样是来偷玉米的？他悄悄地靠近一看，发现竟也是几个当兵的，其中一个他还认识，是和他同一个排的。赖兴成听了一会儿，就听出他们在谈论什么话题了。原来这几个当兵的不想打内战，想偷跑出去向解放军投诚，却不知道解放军那边会不会相信他们。其中有个人说："如果能找到个共产党员就好了，由他引见，那边就一定会相信我们。"赖兴成听了不由心中一动，心想你们不是瞧不起我吗？从此后我就让你们刮目相看。主意已定，他就现身走了出来。那几个当兵的见突然有人不请自来，都非常紧张。要知道当时国民革命军为了防止将士通共，定下了很严厉的惩戒措施，162 团由于地处要冲，总部还专门派了侦缉处的沈处长随军督查。沈处长也放过狠话，只要发现有人通共，不管是谁，格杀勿论。那几人当然不想被杀，见来的只是赖兴成一个人，就互相使着眼色，意思是要把他干掉。就在这时，赖兴成说："你们不是想找共产党员吗？我就是共产党员。解放军那边我可以给你们引见。"那几人听他说是共产党员，都松了口气，但还不敢相信，尤其是和他同一个排的那人，很是疑惑地说："听说共产党员都一身正气，就你那表现，也会是共产党员？"

赖兴成哈哈一笑说："这你们就不懂了，由于斗争环境危险，我们需要掩饰自己的身份，所以我是有意装成这样的。"那几个人一听觉得也有道理，毕竟这里是国民党阵营，而且还有个沈处长在虎视眈眈地监视着，共产党员一旦暴露身份，那是必死无疑的，于是便开始有些相信赖兴成了。有人又说："你的处境这么危险，难道就不怕吗？"

赖兴成说："有什么好怕的，我们共产党员为了人类的解放事业，是随时准备献出宝贵生命的。"这话是当初刘先生说的，他居然还没忘了，现在照搬了过来，听起来竟还是那么铿锵有力、掷地有声。这一下那几个人完全相信他就是共产党了，就开始向他请教如何向解放军投诚。赖兴成本来只是想出出风头的，如何投诚他又怎么会知道？就只能糊弄他们，说现在时机还没成熟，等时机成熟他自然会为他们引见。之后那几个人果然对他尊敬有加，把他当成了带头大哥。

3. 弄拙成巧

又过了几天，解放军已经挺进到前沿阵地，与国民革命军防线形成了相峙局面，大战一触即发。162团已处于临战时的高度戒备状态，赖兴成再也不能偷偷地溜出营地去了。这天晚上，赖兴成正在盘算着战斗打响后怎么逃命，参加那天玉米地聚会的一个人跑过来告诉他，由于他们之中有一个人的出卖，王团长知道了他是共产党员，已经派人来抓他了，要他赶紧设法逃命。赖兴成一听，顿时吓得魂飞魄散，他没想到当初为了出风头冒充了一下共产党员，竟然这么快就招来了杀身之祸。事已至此，也只有逃命要紧了，赖兴成借着夜色的掩护，战战兢兢地摸到营地边上，正想找个空隙溜出去，却没想到很快就被发现了。他们抓住他，把他扭送到了指挥所，王团长已经在里面等着他了。

王团长的脸色并不难看，还请他坐下，说："听说你是共产党员，所以把你请来，我有事要和你商量。"

赖兴成赶紧说："团长你听我说，我根本就不是共产党员。我说我是共产党员只是说着玩的，你可千万别当真啊。"

王团长哈哈一笑说："我知道你们共产党人的嘴都很严，不该说的话打死都不会说，但我真的有重要的事。老子打了八年的日本鬼子，却不想中国人打中国人，所以决定率部起义。既然你是共产党员，希望你起到个穿针引线的作用。"赖兴成一听，王团长好像不是来向他兴师问罪的，心下稍安，但又一想，王团长或许是在骗他，想让他承认自己是共产党员，然后把他杀了，他可不能上这个当，于是继续一口咬定自己不是共产党员。王团长见他如此守口如瓶，只好苦笑着说："看来你还是不相信我，那我只好带你去见见沈处长了。"

赖兴成听说要带自己去见沈处长，吓得差点尿了裤子。这沈处长可不比王团长。王团长平时爱兵如子，他只要应对得当，或许还有一线生机；而沈处长凶狠残暴，落在他手里，那是必死无疑。但事到如今也由不得他了，只得胆战心惊地跟着王团长到了沈处长的房间。王团长推开房门，只见沈处长一动不动地躺在床上。赖兴成小心翼翼地说："沈处长睡着了，还是暂时别去吵醒他了。"

王团长说："没关系，你去把他叫醒就是。"赖兴成不敢违抗，拖着沉重得像灌了铅似的脚步一步步地向沈处长迈去，真希望这段路永远都走不完。到了床边，赖兴成硬着头皮叫了几声，沈处长却毫无反应。在王团长眼色的示意下，他又用手去推了推，这一推才觉出了异样，沈处长的身体冰凉冰凉的，不觉惊叫道："他……他已经死了。"

王团长这时走进门来，说："是的，他已经死了，是我打死的。这下你应该相信我是真的要起义了吧。"看来王团长准备率部起义是真的，但问题是赖兴成这个共产党员是假的，他根本就不知道怎样去穿针引线，他又该怎么答复王团长？王团长似乎早已替他安排好了，他让赖兴成换上便服，把一份起义的详细说明和162团的人员装备清单给他并叮嘱他藏好，然后亲自把他送到阵地的最前哨，要他举着白旗往解放军的阵地跑去。

4. 有功之人

和162团对峙的那个解放军军团的团长姓江，他们团和整个大部队正准备在拂晓之前对国民革命军阵地发起进攻，所以江团长彻夜未眠。看了赖兴成带来的起义书后，他立刻向上级做了汇报，上级也临时推迟了进攻的时间。经过赖兴成后续的几次联络，162团终于成功起义，整条国民革命军阵线也随之土崩瓦解，而赖兴成也干脆继续假冒共产党员的身份。

解放军兵不血刃地取得了一场大胜。江团长认为，在这场胜利中，赖兴成功不可没，要是没有他及时将162团起义的消息送到，等拂晓后一开战，两军又不知要死多少人。他对赖兴成说："赖兴成同志，如果你想留在我们团，我就向上级要求，给你当个参谋。"赖兴成却不想留下。现在部队还在打仗，要战斗就会有牺牲，他可不想去冒这个险。而最主要的是，他知道自己究竟有几斤几两，别说这个参谋他当不好，到时连他那冒牌共产党员的身份一并被戳穿，那可就得不偿失了。江团长见留他不住，就给当地的组织写了封信，介绍了赖兴成在起义中的功劳，建议当地组织对共产党员赖兴成委以重任。

赖兴成带着江团长的介绍信找到了当地的党组织，当地县委的孟书记亲自接待了他。孟书记热情地握着他的手说："赖兴成同志，现在我们这里刚解放，百废待兴，欢迎你到我们这里来工作，请你尽快地把组织关系转过来。"

"组织关系？"赖兴成还真不知道组织关系是什么东西。孟书记看到他茫然的样子，心里就有了疑惑。一个党员怎么连组织关系都不知道？不过他还是耐心地说："那你总应该知道你的入党介绍人是谁吧？"这句话赖兴成倒是听懂了，但他还是回答不了。他本来想说刘先生的，反正刘先生已经死了，他们也不可能去找死人核实，但他忽然想起，他连刘先生叫什么名字都不知道，说刘先生是他的入党介绍人，别人又怎么会相信。于是在孟书记的再三追问下，他也只能承认了假冒共产党员的事实。

孟书记了解了真相后，先安顿好赖兴成，然后召集县委成员开了个会，专门商讨赖兴成的事。孟书记的意思是，赖兴成虽然是个冒牌的共产党员，但他毕竟也为革命立了功。商讨的结果是，以县委的名义给赖兴成家乡的青溪县委发一份函，郑重推荐赖兴成，希望青溪县委能给他安排一个合适的工作。这时的青溪县已经解放，中共青溪县委也已经公开挂牌，接管了全县的工作。榆林那边的人不了解赖兴成的过去，可青溪县的人知道。赖兴成在青溪时就是个混混儿，讲成分的话，就是个无业游民，属于流氓无产者，况且后来还当过国民党的兵，怎么一下就成了功臣？他们都感到不可思议。虽然有榆林那边的推荐信，但还是觉得这工作不好安排。再说像赖兴成这样的素质，即使安排了工作他也胜任不了啊。就这样拖了几个月，这时国家将与人民生活关系最为密切的米店和煤店纳入了国营范围，县里这才将赖兴成安排进了一家煤店，算是让他成了一名国家工作人员，也对榆林那边有了交代。

5. 故友重逢

然而即使是在煤店里，赖兴成也当不了重任，只能干些体力活，比如给一些单位送送煤什么的。尽管如此，后来赖兴成看到县城里以前几个和他一样的混混儿都被送去了劳动教养，觉得自己还是幸运的。一次，赖兴成去给一个驻军营地送煤。到了伙房把煤卸下后，正推着车往外走，却被部队的炊事班长拦住了。炊事班长堆着笑脸说："赖师傅，不好意思，今天军分区的副司令来部队视察，这会儿正在操场上举行欢迎仪式，你出去不太方便，请你在这里休息一会儿，等仪式结束副司令员去营房视察时就可以出去了。"炊事班长给他沏了茶，还给他拿来了炸糕。赖兴成想，回到煤店就又要去别的单位送煤，现在有机会休息休息，何况又有茶又有糕的，何乐而不为呢。就这样约莫过了半小时光景，炊事班长进来告诉他，欢迎仪式已经结束，他可以走了。赖兴成将最后一块炸糕塞进嘴里，正要离开伙房，却没想到副司令员视察的第一个地方就是伙房，一行人已经到了门口，正好将赖兴成堵在了里面。

赖兴成刚想躲避，突然听到有人叫道："赖兴成，你怎么在这里？"他回头一看，立刻就认出为首的军官竟是162团的王团长，情不自禁地说："王团长，想不到能在这里遇上你。"

这时，旁边有人纠正道："这是我们的王副司令。"赖兴成这才知道，闹了半天，这位来视察的副司令员竟然是他的老相识。王副司令见到赖兴成似乎也很高兴，拉着他的手问了他的近况。当得知赖兴成只是在一家煤店里干体力活的时候，王副司令沉吟着说："要不这样，你到我这里来吧？我不会亏待你的。"王副司令没有食言，不久他就派人到青溪县办理了赖兴成的特招参军手续，并把赖兴成安排在军分区的军需处，主要负责采购生活和办公用品。

6. 终成正果

就这样又过了一年多。一天，王副司令特意请赖兴成去他家做客。赖兴成到了他家，发现桌上已经摆好了丰盛的菜肴。王副司令红光满面地拉赖兴成坐下，在杯里斟满了酒，和赖兴成干了杯后一抹嘴巴说："小赖，你知道我今天为什么要请你吗？”不等赖兴成回答，他便兴奋地说，“我的入党申请批下来了，从此以后，我就是一名光荣的共产党员了。我心里高兴，所以就请你一同来庆贺。”

赖兴成斟满酒回敬了王副司令。“小赖啊，当初若不是你穿针引线，使我有机会加入革命队伍，我现在还不知道在哪里呢，所以我真的要谢谢你啊。”听了王副司令的一席话，赖兴成却是别有一番滋味在心头。当初他以一个冒牌共产党员的身份，帮助王团长起义加入革命队伍，如今王团长成了王副司令，又成了真正的共产党员，而他却仍然什么都不是。自打参军以后，受到部队的教育，赖兴成的思想有了很大的进步，行动上也在积极地向一个共产党员的标准靠拢。他也有个心愿，就是正式成为一名共产党员。此前他把这个想法藏在心里，现在趁着酒劲，就对王副司令说了。王副司令听后说：“小赖，你的想法很好啊，我相信你经过努力，也一定能成为一名共产党员。不过如果能有立功的表现，那就能更快地入党。”

当天晚上赖兴成回到家里后，睡在床上思绪万千，久久不能入眠。他想起当初自己和共产党员刘先生结识，就和共产党结下了不解之缘，先是假冒共产党员帮助国民革命军 162 团起义，接着成了一名国家工作人员，后来又参了军，细想起来，这一切都是拜刘先生所赐。想到这里，他猛然记起了刘先生临死时交给他的那些资料。刘先生曾说过这些资料今后或许有用，于是他就把那些资料交给了有关部门。

经鉴定，这是日军在化工厂研制细菌武器的资料，这些资料是刘先生用生命换来的。赖兴成为此得到了嘉奖。后来赖兴成经过不懈的努力，终于成了一名真正的共产党员。

离城一梦

沈碧芳

2020 年的 3 月，还是春寒料峭的日子，他，仓皇如丧家之犬般，来到了这个陌生的城市。

这是一个很小很安静的县城，远离省会，附近没有什么旅游景点。宾馆就在一个居民住宅区的旁边，仅有三层楼高，装的还不是中央空调，而是每个房间一个挂壁式空调。晚上空调一启动，声音轰隆响如雷鸣，吵得他难以入眠。往常若是遇到出差旅游，他是绝对看不上这样条件简陋的小宾馆的，可惜现在，落魄的他也只能如此将就着。离开家的时候，他都没有和父母妻儿打过招呼，只是偷偷地拿了一个旅行袋，悄悄地乘坐长途大巴离开了家。再后来，他不敢去客运公司窗口买票，因为都是实名制购票，只能辗转换了几趟公交，最后漫无目的地来到了这里。包里的手机已经关机多日，想来家里人应该已经发现他的不辞而别。面对他的失踪，家里应该乱成一团了吧？

明知让毫不知情的家人为自己担惊受怕是一种罪过，可是，因为那笔巨额资金漏洞，一回去等着他的就是纪委和公安，他怎么有胆量回去？可是不回去，从此他就会成为人们茶余饭后闲谈话题中"上高速"的名字。思前想后，他还是没有这份勇气回去。成年人啊，有时候比幼稚的孩童更没有担当！

不想，他刚到这个小县城，就突然遭遇了新冠疫情的袭击，小县城也被封了。于是，他无奈地被困在这个县城小宾馆的二楼房间里。

他提前在附近的超市里买了一些方便的速食品，面包、饼干、牛奶当作早餐，方便面当中餐和晚餐。在这里，他几乎足不出户，不敢打开手机，每天只是浑浑噩噩地开着宾馆里的电视机，点上一根烟吞云吐雾，然而看了半天，也不知道播放的到底是什么。就这样，接连吃了一个星期的红烧牛肉面和袋装榨菜，他终于觉得自己的胃口彻底败了。平常吃惯各式珍馐美味大餐的肠胃，如何能一直将就？别说什么馄饨饺子米饭了，眼下哪怕来个咸菜包子也好啊！

早晨起来，他拉开厚重的窗帘，只见外面冷冷清清的。虽然整个县城没有彻底封闭，但是大街上却空无一人，店铺集体关门，家家户户都安心宅家，没有要紧事绝不出门。不得不说，中国老百姓的抗疫意识就是强，说不出门就不出门，囤起口粮安心地待在家里。他想起上个月他所在的城市也遭遇过类似的封城，一家老小也是这样安心地待在家里。作为家中的男主人，他负责出门采购和取快递，妻子负责洗衣、做饭，闲暇的时间，就在家里逗儿子玩，陪着儿子看动画片、搭乐高积木……如今想来，都成了此情可待成追忆的往事。他深深地叹了一口气，再也回不去了啊，那些安逸温馨的日子！于是，他的心情又重新跌入谷底……

久违的太阳升了起来，温暖的阳光照进了房间，房间里也慢慢暖和了起来。他忽然眼前一亮，宾馆对面一家早餐店的卷帘门打开了，隐约有身影在店里忙碌。

包子！想吃包子的念头在他的脑中一闪而过，有多久没有吃到鲜香热乎的包子了？掐灭手中的烟，他兴奋地出门跑下楼去，飞快地冲向早餐店。

"老板，有吃的吗？馄饨饺子包子，什么都行！"一踏进早餐店的门，他就迫不及待地喊道。

老板从柜台后走出来，憨厚地笑着说："兄弟，我今天不是来开门做生意的。"

他略带失望地转身准备离开。

"兄弟，你是住这个小区的吗？"老板叫住了他。

"不是，我是出来打工的。工作没找好，不承想被疫情给困在了这里。"他编了一套看上去非常合理的说辞。

"出门在外，大家都不容易啊！兄弟，你坐下吧！"厚道爽朗的老板热情地招呼着他。

"咱小区里有几个老人，儿女不在身边，自个儿做饭不方便。我今天过来，是打算做些包子给他们送去。现在正在炉上蒸，你稍等一下！"

于是，他在店里坐下了。

待热气腾腾的包子出笼，老板当即端了一盘送到他面前。此时的他，也顾不得往日的斯文，接过包子就狼吞虎咽地吃了起来，热乎乎的包子一下肚，五脏六腑瞬间都觉得妥帖舒畅了。

"老板，你这个包子，做得确实好吃，这手艺，一点儿不输给五星级酒店。没想到在这小县城里，能吃到这么好吃的包子！"他一边嘴里嚼着包子，一边真心实意地对着老板说。

"兄弟，可真不是我自吹，我在老家就是开早餐店的，馄饨饺子馒头那是我们家的祖传手艺啊！在老家的时候，生意就还不错。"老板乐呵呵地回道。

"老板，那你怎么会到这里开店啊？"他略带疑问地说道。

他这么一问，老板收敛起脸上的笑意，长长地叹了口气，"店是开得好好的，要不是我那兄弟出事儿，我也不会拖家带口到这里来。"

老板熟练地取出紫菜、虾皮，用开水冲泡之后，贴心地将汤碗端到他桌上，随后，坐到他对面，缓缓地说了起来："就说我那兄弟，也确实有出息。读书的时候，每逢考试都是全校第一，大学毕业，他考上公务员，进了机关。那个时候，他是我们全家的骄傲啊！"

他停住了吃包子，静静地听着老板述说。

"后来，我兄弟出事了。那是一笔很大的拆迁款，都是老百姓的血汗钱啊！谁能想到，他也牵扯在里面。东窗事发，他就跳了楼……"老板叹了口气，继续说道，"我们家里没有人知道，要是知道的话就早提醒他、劝阻他了……唉，不管怎样，家里人肯定是劝他自首去的。他是走了，可我们也没脸在家乡待下去了，就从北方走到南方，远远地离开了那座城市。父母年龄大了，不想再让他们想起伤心的往事。在这个陌生的地方，没有人认识我们，就不会再被人指指点点啦……"

"爸爸！"随着一记清脆的童声，跑进来一个七八岁的小女孩，齐耳的短发，小脸上戴着一个粉红色的卡通口罩，只露出一双黑白分明的晶亮眼睛。

老板的脸上顿时满是慈爱，对着女孩说道："妞妞来啦！"

"呦，看我光顾着和你唠嗑，竟忘记了给你拿汤勺。妞妞，你从消毒柜里拿个汤勺给叔叔！"

小女孩拿了汤勺，径直走到他面前，却并没有交给他，而是用一双晶亮的眼睛打量着他，随后转头对爸爸说："爸爸，这个叔叔不好，大家都在家里，就他一个人出来，我不给他汤勺！"

"你这孩子，叔叔出门是有理由的，快把汤勺给叔叔！"

谁知，小女孩捏紧汤勺说："我们学校都停课了，老师说，外面有病毒，不能随便出门的。叔叔做得不好，我不给他！"

小女孩的话音刚落，他的瞳孔好像瞬间放大了，这情景，是那么似曾相识……

这边，老板还在和女儿交涉着汤勺的问题。

"就是不给！"小女孩昂着头，倔强地说道。

"妞妞，爸爸蒸好了包子，你先拿一袋去，送到二号楼陈奶奶家门口。你放好就回家，爸爸打电话叫陈奶奶开门取。"老板机智地岔开了话题，小女孩终于松手把汤勺交给了他，虽然还带着点心不甘情不愿的味道。随后，小女孩郑重地接受了爸爸交代的光荣任务，蹦蹦跳跳地拎着一袋包子走了。

"小孩子不懂事，你别和她计较。"老板略带歉意地打着圆场。

吃完包子，他心事重重地回到了宾馆。他熟练地点燃一根烟，再次陷入了沉思。刚才发生的这一幕，小女孩坚决硬气的表情，让他想起了多年以前熟悉的一幕场景……

那时，他刚刚上小学，每天中午都在学校吃午餐。到了午餐时间，每个同学都自己领盒饭，身为班级小干部的他，总被老师指定给同学发汤勺。早熟的他，总是先把汤勺发给和自己要好的同学，那些不交好的同学，他是能拖则拖。而他的理由也总是多多的，诸如某同学坐姿不够端正，某同学还在东张西望，某同学还在讲空话，等等。那时的他，也是这样骄傲地昂着头，手里紧紧攥着汤勺，在同学的课桌间威严地走来走去。原来，他从小就这么有控制欲。工作后的他，更是努力地为职位奋斗，盘算着青云直上的人生之路，总不忘用自己手中的职权去行事。从普通的办事员到科长，再到后来的处长，直到如今的副局长位置，他曾经何等地春风得意，也曾经何等地颐指气使，可最终，鬼使神差地落到了今天的地步……

往事如烟，心绪迷离。据说人一旦开始回忆，就证明自己已经老了。他在心底暗暗地苦笑了一下，百无聊赖地看了一会儿电视，迷迷糊糊地睡去了……

蒙蒙眬眬间，他仿佛回到了自己原来生活的那个城市……他独自一人开着车，在蜿蜒的山道上盘旋，奇怪的是，山道上一个人也没有。开了许久，他把车停在了山顶。山顶上寸草不生，只孤零零地立着一栋摩天大楼。高楼只有灰色的外墙面，直入云霄。莫名其妙地自己来了高楼之巅。天空中挂着几片灰色的浮云，阴冷的寒风一阵阵地刮在他身上……

接着，他看见自己从楼顶直直地坠了下来。高楼底下，挤满了人。人群之中，他白发苍苍的父母老泪纵横，年轻的妻子哭得撕心裂肺，还有他稚嫩的孩子哭着在喊："我要爸爸，我要爸爸……"他试图去劝慰自己的家人，却发现自己根本无力动弹，另一个自己满身血污地躺在地上。原来，他已经死了……

"啊……"他如困兽一般从梦中惊醒，睁开眼，映入眼帘的是宾馆房间那微微泛黄的白色天花板。床对面的电视机屏幕还在闪动，正在播放电视剧《人民的名义》，他大口大口地喘着粗气，一身冷汗涔涔。原来只是一场梦魇，还好，只是一场梦魇……

不，我不能这样死去，我不能这样没有担当。我要回去，为了家人，为了我的孩子，我要回去自首，争取宽大处理。亡羊补牢，希望一切为时不晚！

他，终于鼓足了勇气，从包里取出手机，按下开机键，看着手机屏幕在眼前一点点地亮起来。随后，他拨通了熟悉的号码……

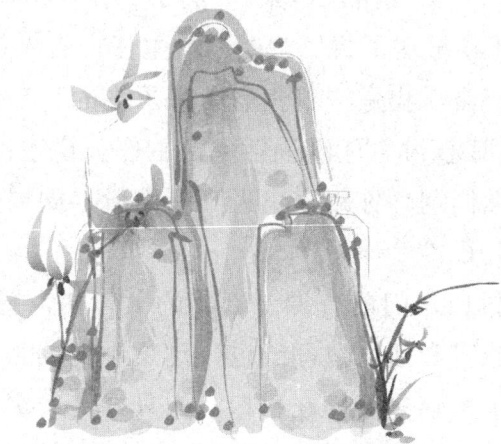

让　路

陈巧燕

　　最近，高山老是做梦睡不好觉，一会儿梦见自己的房子被人拆得稀巴烂，媳妇哭得死去活来，一会儿好像又看到门前的老缅树轰然倒下，树旁那口龙泉井水快干了，村里的人排着长队等水喝……

　　高山起了个大早，在老缅树下碰到村主任，笑着说："主任这么早，有什么好事？"村主任说："被你言中了，的确有好事，我们村被列入全县首批新农村建设的试点村了。"高山说："难怪今天一早缅树上的喜鹊叫得这么欢。"村主任皱着眉头说："村里的亮化工程马上就要动工，首要任务是修路，可是你家门前那段路不好修啊。那段路不拓宽，村子里的路修得再宽，车子还是进不去！我来是想和你商量，让你们家让出点地来。"高山一愣，迫不及待地问道："你说怎么个让法，总不能让我把房子拆了吧？"村主任一脸无奈地说："这事也真不好办，但为了全村的利益，我是觍着张老脸来求你的！当然，你家的损失村里会给一些补偿。"高山盯着村主任没说话，村主任又说了："让你家把老宅让一部分出来，也是难为你们啊！你跟家里人商量商量，如果你们家不同意，那只能把村口这棵缅树给砍了。"

　　高山家的老宅在村口，门前有棵上百年的大青树，村里人都叫它老缅树。进村的路顺着他家的墙脚和缅树之间通过，这是进村的必经之路，可缅树很霸道地横在路中间，大小车辆只能停在村口，人只好走着进村，货物只能靠人像蚂蚁搬家一样一趟趟往里运，又吃力又费时。村里人早就盼望着修一条车子能进村的道路。

　　老缅树树干粗壮，五六个成年人才围得过来。这树枝繁叶茂、盘根错节，裸露在外面的树根，成为在这里休闲纳凉的天然凳子，缅树也成了村里一道独特亮丽的景观。传说老缅树是高山的太爷爷进京赶考带回来栽上的，到高山这一辈算起来也应该有三百多年历史了。树下，还有一口古井。傍晚，鸟儿归巢，村民就会聚集在这里跳花灯、拉二胡、打牌、下棋、聊天，小孩在这里追逐、玩耍；星星点灯或月儿高悬时，这里又是姑娘和小伙儿谈情说爱的地方。去年，村里一位居住在台湾的老人回家探亲，来到井边，俯身打了一瓢水，老泪纵横地喝了一大口，把剩下的倒进瓶里带回了台湾。

　　过了好几天，高山仍然没敢把拆房的事告诉妻子莲子。他知道，老宅新竖的大门、新建的厨房差不多有三分之二的钱是莲子种烤烟、养猪挣来的，去年请工干活，莲子忙前忙后人都瘦了一圈。高山看在眼里，疼在心里。他想如果莲子听到这消息一定很不好受。去年儿子考上了北京一所重点大学，村里人都认为他家老宅是块风水宝地，高山家之所以"人杰"是因为"地灵"。现在，村主任叫高山让出老宅的部分院落修路，这简直比割高山的肉还疼。可是不拆房子和围墙大门，就得砍掉门前老祖宗栽下的老缅树，这个问题从村主任跟他谈话那天开始他想了几十回。老宅是高家的风水宝地，不能拆；老缅树是高家祖辈亲手栽下的，也不能砍。村里有的人说这些年人才辈出，日子越过越红火，是因为村口有这棵大树护佑着。高山上过高中，他不信这个，他知道这些年村民生活红火，是托了党的惠民政策的福，如今农民不用再缴公粮了，政府实行九年义务教育，村里的孩子从小学到初中不仅不再交学费，甚至连书本费都免了，新型农村合作医疗也让老百姓看病不再发愁，现在实施的新农村建设那更是好事。但想到去年新盖的厨房和刚竖的大门要被拆，心里还是堵得慌。

　　冬天，日头像兔子尾巴一样短，下午饭刚吃过，太阳就掉下山去。高山决定开个家庭会议，听听父亲和妻子的想法。高山把让路之事说了。莲子没等高山把话说完，就站起来反对："不行，绝对不行。村主任他狗屁做人情，想捞政绩，换了他家，他肯拆吗？"父亲说："莲子，别急，坐下慢慢说。"莲子盯着高山："你同意啦？"高山故作轻松地笑着说："没有，我哪敢呢？再说新农村建设不是讲要'管理民主'吗？我一个人说了算，那还叫啥民主？""你少跟我讲大道理，这个新农村建设早不搞晚不搞，为啥偏偏要在我们竖好大门还没来得及享受时来搞。"莲子显然是激动了。"莲子，新农村建设不是我们家一家人的事，那是整个国家的大事，更何况，新农村建设是件好事，是党中央想着农村、想着农民做的事。"高山父亲是退休老师，说话有板有眼。莲子平时很尊重他，嘬着嘴坐了下来，脸气得通红，眼泪像断了线的珍珠唰唰往下掉。高山忙把毛巾递给莲子，莲子不接。"刚竖起的大门，花了那么多钱和力气，拆了确实心疼，但咱们不能光顾小家，还得想想全村这个大家，让就让吧。"父亲接着说。

莲子抽泣着，任高山怎么哄也不听。高山紧锁着眉头。这时，手机响了，高山见是儿子的电话，说："喂，儿子。"莲子一听是儿子打的电话，就一把夺了过来说："儿子，妈正要给你打电话。"莲子把家里发生的事情告诉儿子，希望得到他的支持。儿子在电话里不知说了些什么，莲子气愤地说："和你爸一样，白眼狼。儿子要跟你通话。"高山刚接过，就听儿子说："爸，新农村建设是好事，我支持你，也让妈支持你，反正我们家也住不了那么多房屋，让出一部分给村里，也够住了。"高山对着话筒说："谢谢，儿子。"妻子平时对儿子说的话十分在意，这时，高山心里好像吃下了颗定心丸，知道该怎么做了。

这一晚，高山睡得很踏实，他梦见村里路两侧东倒西歪排列着的厕所不见了，臭气冲天的粪坑也不见了，取而代之的是干净、漂亮的卫生公厕。一条宽敞的水泥大道从缅树下延伸到村里，道路两旁小树绿叶青青。缅树下男女老少正在跳花灯，莲子在中间笑得很甜很甜……

给孩子一个快乐的童年

魏磊红

青少年活动中心里除了几项成本较高的游戏，其他都是免费向孩子们开放的。到了双休日，这里就成了孩子们的"天堂"。现在的孩子在家里都是"小王子""小公主"，孩子要来玩，父母也都乐意陪同，所以双休日的青少年活动中心每每人满为患。这也使得蔡咏慧几乎就没有了双休日。蔡老师是青少年活动中心主任，虽然活动中心的各个岗位上都已安排好了人员，大家也都尽职尽责，但她还是不太放心，双休日必定要亲自过来看着。

这天又是个周末，活动中心里又成了欢乐的海洋。这时，蔡老师注意到了一个十来岁的小男孩，别的孩子来这里玩，或者是由家长陪着，或者是几个稍微大一点的孩子结伴而来，而他却孤身一人。他穿了件褪色的衬衣，这在一大群穿得像花儿一样的孩子中间，显得那样格格不入。可是这一切似乎都没有影响到男孩玩乐的兴致，他一个人东转转西逛逛，把那些不花钱的游戏几乎玩了个遍。蔡老师凭直觉就知道这是个农村来的孩子，是一只跟随打工的父母栖息在这座城市的"小候鸟"。

到了中午，玩乐的人们陆续开始了午餐，他们或是拿出自带的食物，父母孩子在碧绿的草坪上围坐着分享，或是去了附近的饭店，即使是那些结伴而来的大孩子，也都买来了盒饭，津津有味地吃了起来。这时蔡老师又发现，那小男孩却仍然在玩。时间很快就到了下午 1 点，其他人的午餐都已陆续结束，但小男孩还是没去吃饭，只是在饮用水的龙头那边喝了很多水。蔡老师突然意识到，小男孩肯定是没钱吃午饭，但又舍不得回家去，这才喝水充饥的。于是，蔡老师去买了一盒盒饭，走到男孩的面前递了过去。男孩的眼睛一亮，却随即摇了摇头。蔡老师微笑着说："吃吧，饿着肚子怎么玩得尽兴呢。"

男孩咽了口唾沫，但还是摇头说："我不吃陌生人的东西。"

蔡老师说："我是青少年活动中心的老师，你到这里来玩，我们就是朋友了，怎么能算是陌生人呢？"但这时她发现，男孩已经一溜烟地跑走了。蔡老师愣在了那里，心里却不由对男孩的警觉暗暗赞许。她想去做别的事，但不知为什么，脑海中总是出现男孩在拼命喝水的画面。他还这么小，要是饿坏了怎么办？于是蔡老师又到处去找那个男孩。如茵的草坪上，一些孩子正跟他们的家长在玩着"两人三足"的游戏，这时蔡老师发现，男孩就站在边上看，眼神中充满了羡慕和希冀。蔡老师心领神会地走到他身边说："想玩吗？我们一起玩好吗？"男孩重重地点了点头，眼神中分明透露出惊喜。可是蔡老师说："我想你一定跑不过别人。"

"为什么？"男孩不服气地叫了起来，"我一定不会比别人差的。"

蔡老师说："可是你还没吃饭啊，饿着肚子怎么跑得快呢？"她把拿着盒饭的手从背后伸到了前面。这回男孩很听话，打开饭盒就狼吞虎咽地吃了起来。趁着小男孩吃饭的时间，蔡老师也了解到，他名叫许军，今年九岁，是一所民工子弟小学二年级的学生。

蔡老师没有食言，和许军一起也加入了"两人三足"的游戏中。这时她发现，许军脸上的表情充满着幸福感，回望其他小朋友时的目光也变得非常自信，因为他觉得他已不再孤单，他已有了一个能和他一起玩耍的大朋友。

这一天许军玩得很尽兴，临别时他对蔡老师说："下周我还来好吗？"

蔡老师说："好啊，不过要等你做完作业和家里的事再来。"

"蔡老师我听你的。"许军说完一蹦一跳地走了，小小的身影很快就消失在了余晖中。蔡老师感慨地想，这些农村来的孩子平时都没什么机会玩，甚至已形成了对玩乐的渴望，可是玩乐是孩子的天性，她希望今后许军的童年能过得再快乐一些。

一个星期后的周末，蔡老师一到活动中心就觉得有了一份牵挂，她知道她是在盼着许军的出现。到了9点多时，许军果然气喘吁吁地跑来了，一见到她就说："蔡老师，我作业完成了，家里的事也做好了。"看来他并没有忘记蔡老师的话，没有因玩耍而影响到学习和做事。蔡老师为了奖励许军，自己出钱让他坐了一回收费的"登月飞船"。这个游戏规定，十四岁以下的儿童乘坐必须有大人陪同，蔡老师就只能陪着许军一起坐。可是蔡老师毕竟年纪有些大了，下来后稍稍有些头晕，就顺势一把抓住了许军的胳膊，但没想到许军竟"哎呦"一声叫了出来。蔡老师一惊，忙问："怎么？我弄疼你了？"

许军赶紧说："没事没事。"蔡老师心想她抓得并不重啊，他怎么会痛得叫出声呢？他是不是有伤在身？她撸起许军的衣袖一看，果然见他胳膊上有几条青紫的伤痕。蔡老师说："这是怎么回事？你跟人打架了？"

许军说："不是，我没有跟人打架。"在蔡老师的再三追问下，他才吞吞吐吐地说出了原因。原来许军是瞒着家里人偷偷地跑到青少年活动中心来玩的，他爸爸知道后就狠狠地打了他一顿。蔡老师想不到许军出来玩一趟，竟然要付出这么大的代价，不无忧虑地说："你今天出来，回去是不是又会被打啊？"

许军低下头去轻轻地点了点，但随即又扬起头说："可是我想玩，即使被打也还是会出来玩的。"蔡老师心疼地一把将他搂进了怀里，这一刻她已经决定，要去见一见许军的父母，告诉他们，即使有什么困难，也应该给孩子一个快乐的童年。

下午，蔡老师跟着许军一起回家。许军的家和大多数民工的家一样，是租住的城乡接合部的农民出租房，面积不大，却很整洁。许军的父母上班还没回来，蔡老师就决定坐下来等。她要亲口告诉他们，以后就由她负责陪许军玩，要他们不用担心，更不能打孩子。可是就在这时，门外拥进来了一大群孩子，"叽叽呱呱"地围着许军，这个说："许军，你在青少年活动中心又玩了哪些游戏，给我们讲讲好吗？"那个说："真的好羡慕你，今天一定又玩得很开心吧？"又一个说："你说的那个蔡老师还和你一起玩吗？"蔡老师立刻意识到，许军只是去青少年活动中心玩了两趟，就已经成了这些没机会去玩的同伴的偶像。许军红着脸走到蔡老师身边说："喏，她就是我说的那位蔡老师。"孩子们这才注意到了蔡老师的存在，愣了一两秒钟，随即便一起鞠躬喊道："蔡老师好！"有一个孩子还举手行了个少先队队礼，可是他立刻发现自己没戴红领巾，不好意思地吐了吐舌头。

蔡老师一下子就喜欢上了这些孩子，他们看上去都是像许军一样的外来务工人员子女，却和城里的孩子一样懂礼貌而又不失调皮。她亲切地问："你们谁去青少年活动中心玩过？"孩子们全都摇起了头，刚才还"叽叽呱呱"的声音瞬间就安静了下来。蔡老师叹了口气，把一个梳着两条辫子的小姑娘拉到身边说："那你想不想去青少年活动中心玩呢？"

小姑娘怯怯地说："当然想去玩了，可是爸爸妈妈工作忙，没时间陪我去。

他们还说现在城里车那么多，还有一些骗子，不放心让我一个人出去玩，所以我就只好待在家里了。"听了她的话，蔡老师的心就像被人狠狠地揪了一把。这时许军的父母下班回来了，可是蔡老师已经改变了主意，不想对他们说由她负责陪许军玩了，因为她已经意识到，要想使民工孩子有一个快乐童年，靠她一个人的力量是远远不够的。蔡老师回去后就在青少年活动中心的网站上发出了招募"牵手志愿者"的倡议，希望有时间有爱心的人能在节假日和民工子女一起玩乐。

令蔡老师没有想到的是，从发出倡议的第二天起，她的办公室里就络绎不绝地来了一拨拨报名当"牵手志愿者"的人，他们中有退休的老人，有年轻的公务员和企业白领，还有大中专院校的师生。蔡老师望着窗外的游乐场，仿佛看到如许军般的孩子都有了一个五彩缤纷的快乐童年。

哑巴保姆

孙学君

春城县有个老头，叫陆得宝，八十多岁了，早些年患了青光眼，这几年情况越来越差，白天看东西还有点儿模模糊糊的影子，到了晚上眼前黑乎乎的一片，什么都看不清了。原先靠着老伴儿的照顾，生活还可以勉强过活，可不久前老伴儿去世了，晚上他就寸步难行了。一个人才过几天，他就重重地摔了一跤，进医院住了半个月。出院后，女儿女婿觉得老父亲晚上必须有人陪伴。

陆得宝女儿叫陆婷，是县医院的医生，女婿叫李刚，在一个公司上班。两人一番商量后，决定李刚负责照管刚上小学的儿子，陆婷晚上来陪父亲。

可谁知，这话刚说出，陆婷就接到单位的特殊任务：参加国家医疗队去支援非洲，时间为一年。李刚一听，就说："老父亲就你一个独生女儿，这种情况，你怎么去得了？实事求是去向领导说明情况，请他们另外选人吧。"陆婷还有点犹豫，可当陆得宝听说了此事后连连摇头说："国家的事情重要还是一个老头儿重要？当年我在部队时，就知道一个战士要'召之即来，来之能战'，现在国家需要你，你说什么也不能为了我打退堂鼓。我白天还没事，就是晚上麻烦一点，我自己小心点儿就是了，你们不用管我的。要是为了我放弃国家那么大的事，我这张老脸往哪里搁啊！"

女儿女婿说服不了陆得宝，只得依从老父亲，但老人晚上没人照顾肯定不行，两人一商量，为陆得宝请了一个晚间保姆。

请好保姆，陆婷便远赴非洲了。

几天后的一个晚上，李刚做了个梦，梦见老岳父摔倒了，他越想越不放心，就开着汽车急匆匆赶到老岳父家里。李刚开门进去，听到屋里响着响亮的鼾声，拉亮电灯，只见保姆直挺挺地躺在床上，而岳父的床上空着。再一听，卫生间里似乎有人在呻吟，李刚赶过去一看，原来老岳父摔倒在那里，怎么也爬不起来。李刚扶起老岳父，有点儿生气地说："爸，我们请保姆就是不放心你晚上行动啊，你怎么不叫保姆呢？"陆得宝说："我叫了，可叫不醒她呀，就只能自己摸出来了。刚才摔倒了，自己爬不起来，又喊了好长时间，她还是打雷似的打着鼾！"李刚火了，大喊："保姆！保姆！"可回答他的仍是"呼啊，呼啊"的响亮鼾声。李刚上前一把拉起保姆，保姆还迷迷糊糊地伸着懒腰想再睡下去，直到李刚拉了拉她的头发，她才有点清醒过来，懒洋洋地问："你……你做什么呀？"李刚说老岳父摔倒在卫生间里好长时间了，保姆却擦着眼睛说："他不叫我，我怎么知道啊！"李刚真是既好气又好笑，连连摇头，话也说不出来了。

李刚对老岳父说："这样不行，还是我来服侍你吧。"可陆得宝怎么也不同意，他说李刚白天要上班，晚上要照看上学的儿子，已经够辛苦了，再说他们住的地方离学校近，还方便点；要是搬到他这里来，到学校的路太远了，他是万万不会同意的。李刚说那只有找陆婷的单位了，要他们把陆婷换回来。陆得宝更是把头摇成了拨浪鼓，说要是这样为了自家不顾国家，他宁愿不要活了。李强无奈，只得说："那就再找一个好点的保姆吧。"

两天后，李刚来到老岳父这里，说保姆已找到了一个，人很勤快，很有责任心，耳朵也很灵敏，你要她做的事肯定做得妥妥帖帖的，做过的几户人家都说好，只是有个缺点，她喉咙动过手术，不会说话，是个"哑巴保姆"。这个保姆白天在小区里搞卫生，因为家里困难，晚上要多挣一份收入，要是老岳父同意，就让她来试试，要是合适就留下，不合适再另外找。陆得宝说好。

第二天晚上，李刚把保姆叫来了。陆得宝自然什么也看不清，只看到黑乎乎的一个影子，好像是个长头发的。李刚领着她里里外外地转了一圈，说这里是房间，那里是厨房……再指指点点地交代她要做哪些事，特别强调，晚上老岳父要上几次卫生间，要她上心一点，千万别睡死了，还说先试用三天，再做决定，工资好商量，只要老人满意。李刚走之前，还特别交代老岳父，有什么事随便叫就是了，三天是考核期，考官就是老岳父。

没想到的是，这保姆真的很不错，虽然不会说话，但耳聪目明，手脚勤快。晚上 8 点，她准时来上班，陆得宝只要招呼一声，她"召之即来，来之能战，战之能胜"，为陆得宝洗脸、洗脚、递水、倒茶，干净利索，妥妥帖帖。特别是晚上上卫生间，陆得宝只要稍一翻身，她就像神仙似的来到了他的床前……大清早，她要到小区去上班，就提前起来，按照李刚的交代，做好早餐，端到陆得宝的床前，陆得宝吃得非常可口。三天后，李刚来问试用情况时，陆得宝竖起大拇指，连说了三个"好"字。

之后，这个哑巴保姆果真把陆得宝服侍得舒舒服服的。李刚每过几天就来问一次情况，陆得宝总是夸这个保姆东也好，西也好，样样好。李刚听了哈哈大笑："这样我就放心了。"陆得宝说："你就放一千一万个心吧。"

就这样，时间像流水般过去。不知不觉中，一年过去了。

这天，陆婷从非洲回来了，她顾不得回家，只给李刚打了个电话，就先到老父亲这里来了。在外一年，虽然几次通电话，老父亲总说找了个好保姆，被照顾得舒舒服服，让她放一千一万个心，但她怕老父亲为了宽她的心说的不是真话，所以急着要来看看情况。陆婷见老父亲满面春光、喜笑颜开，才相信父亲说的也许是真的，心中的石头也落了地。

陆婷说："现在我回来了，尽孝的事应该我来了。"

陆得宝连连点头，说："以后不用保姆了。"

陆婷问："不知你们当时是怎么约定的，让她马上不做了会不会有什么麻烦？"

陆得宝哈哈大笑："这你就放心吧，别的人家盼星星盼月亮那样在盼着她去！"

陆婷问怎么回事。陆得宝告诉她，他找了个好保姆，很多人都羡慕得眼红呢，特别是对门的王叔叔，已经换了好几个保姆了，没一个满意的。第一个喜欢喝酒，经常指使王叔给他买下酒菜；第二个喜欢搓麻将，到了麻将桌上就不知道白天黑夜了，要是输了，还摔碗敲盆，骂天咒地，让你不得安生；第三个更是个奇葩，把王叔的客厅当操场，一有空就"嘭嘭嘭"地跳广场舞。陆得宝说："他们一直等着我把这个保姆让给他们呢，我说等我女儿回来了，一定让给你们。这段时间知道你快回来了，更是见到我就问，你女儿什么时候回来啊，什么时候回来啊。"陆得宝说到这里，站起身对女儿说："我马上去向他们报告这个好消息，说你回来了，他们今天晚上就可以把这个保姆带回去。"

陆婷说："这么急啊？"

陆得宝说："他们是早一分钟好一分钟呢！"

陆得宝前脚刚走，李刚就到了。他见屋里只有陆婷在，就问老岳父去哪里了。陆婷说给人家报告好消息去了，李刚问什么好消息，陆婷把情况一说，李刚脚一跺说："天哪，要……要出事了！"

陆婷一怔："出什么事啊？"

李刚说："这个保姆是没有的呀。"

陆婷呆了："爸爸说人家天天晚上把他服侍得舒舒服服的，怎么会没有呢？"

李刚"唰"地拉开皮包，从中掏出来一个长发头套说："这个保姆就是我呀！"接着告诉陆婷，自从碰到第一个保姆后，他再也不放心找保姆了，觉得只有亲人才会用心来服侍老人，自己不在他身边怎么也放不下心，但老岳父又坚决不同意他这样做，于是心生一计，同老岳父说找了个哑巴保姆，并找来一个同事头天晚上在他面前演了场戏，之后他把孩子托付给一个朋友，自己天天晚上来给老岳父当"哑巴保姆"。

陆婷知道了原委，不由得一阵感动，情不自禁地扑进了李刚怀里……

只有一个观众的演出

吴陈鑫

　　寒冷的冬天，北风呼呼地吹。这天一大早，华丰市文化馆新春惠民宣传小分队就到了天龙村。他们调试好演出设备，放好写春联的桌子，等着村民的到来，可左等右等，却不见一个人影。难道是天气过于寒冷，村民不愿意来？还是村民们对新春惠民服务活动一点儿都不感兴趣？时间一分一秒地过去，小分队的成员按捺不住心中的焦虑，一个个在场地上来回踱步，凝重的气氛弥漫在他们之中。

　　距离惠民服务开始时间只剩下不足十分钟了，小分队的一位成员刘灵光说："陈馆长，这要等到什么时候啊？我们一大早就来了，怎么一个看演出的村民都没见到，这是咋回事呦？我说，陈馆长，要不我们撤了吧？也好早点赶到下一个惠民演出地。"听刘灵光这么一说，小分队的其他成员也纷纷表示提早转移阵地也好，这样路上时间可以宽裕些，不用紧赶慢赶的。这让陈馆长犯了难，到底是继续坚守到预定结束时间还是提早出发去下一个惠民服务点？

　　正当大家争论不休时，只听有人喊了一声，快看快看，那边好像有观众过来了！众人的目光纷纷投向西街的路口。只见一名拄着拐杖的老者，颤颤巍巍地朝这边走来。陈馆长招呼刘灵光去搀扶老者，与此同时挥手让大家准备演出。

　　老者来到演出场地找了个位置坐下，笑着说道："真是谢谢你们大冷天还愿意到我们村送新春惠民演出。我这是前段时间脚崴了，所以来晚了。"陈馆长听闻，忍不住问道："老人家，我们提前就通知镇里今天有这场惠民活动，可是到现在为止，除了您，就没见其他人来。"老者吸了口水烟，说道："我们天龙村，本来也算是个大村，新中国成立后国家要建水库，大部分村民就移居出去了，

163

所以现在全村也就剩下三十多户人家一百多人。近些年，年轻人又都去城里发展了，有的去了县城，有的去了更远的省城，村里人就更少了，农村变成了'空村'。我们这个村也有热闹的时候，但那得等到临近过年的时候，外出打工的、回家探亲的人纷纷回村，那是欢声笑语最多的日子……"

听完老人家的述说，演出也准备就绪。放眼整个观众席仅老者一人，陈馆长心里尽管有些失落，但他还是决定，哪怕只有一个观众，演出也照常进行。

随着开场音乐响起，舞台上一个个精彩的节目纷纷亮相。新春惠民宣传小分队的队员们不折不扣地完成了预定的演出任务，丝毫没有因为观众只有老者一人就偷工减料。

陈馆长忽然明白，宣传小分队的下乡演出，就是为了传播正能量，台下坐一个也是观众，坐满堂也是观众，只要有观众，大家就要认真演，这是文艺工作者们必须坚持的理念。

演出结束后，老者紧紧握住陈馆长的手，久久不松开。小分队的队员们从老者热切的眼神中看出他对这次演出是多么喜欢，由此看来，村里一定还有许多像老者这样对新春惠民文化活动有需求的村民，只是由于种种原因今天没来观看演出。陈馆长看了接下来的活动安排表，对老者说道："老人家，既然您说村民们年前才陆续回来，那我们服务小分队腊月廿八再来。同样在这个地方，同样在这个时间，我们为天龙村的村民们再提供一次新春惠民服务，让大家开开心心过大年。麻烦老人家把这个消息告诉给返乡的乡亲们！"

举报人

步亚军

　　"喔唷喔唷，痛煞嘞！"

　　县人民医院骨伤科病房里，吴阿姨小心翼翼地把老伴坤叔扶上病床。坤叔的右腿上了石膏夹板，绑了厚厚的绷带，移动的时候免不了牵动伤处，痛得倒抽了一口冷气。

　　"痛啥痛，啥人叫你半夜三更跑出去，啥事体也不肯说，你是不是做了坏事得的报应啊？"刀子嘴的吴阿姨嘀咕着。说归说，手上却忙个不停，帮坤叔换下沾了烂污泥的衣服，又给他擦脸抹脚。坤叔嬉皮笑脸的，没有回嘴。

　　"你倒是说话呀，这几个夜里，你偷偷摸摸溜出去，到底是去做啥了？你个人啦，这次算是给你个教训，你都快六十岁嘞，还当自己是年轻小伙子啊。前年在海边救人，危险来要西，差点就回不来，救落来的那个小伙子当时千恩万谢说要来谢谢你，结果呢？人影子也不见着。你这辈子在海边不晓得救起多少人了，一把老骨头了，叫屋里的人担心噻！""哦呦喂！老太婆，我痛来！你扶我把，让我躺倒啊。"坤叔眉头紧皱，看看一副可怜相。吴阿姨小心地抬起他的伤腿，方便坤叔挪动身体。

　　"哦……是我啊，哦好哎！各么就忒好了！不用谢，不用谢，不要紧，我现在嘞医院里啊……嗯嗯，住院了……那好吧。"坤叔放下手机，沉思了一会儿，对吴阿姨说，"一歇警察可能会过来，要向我了解点情况，昨天夜里，他们抓了两辆倾倒工业污水的槽罐车，可能查到了源头企业。""这个跟你有啥关系？难道你又不识相去多管闲事啦？"吴阿姨整理被褥的手突然停了下来，"你这腿就因为这事摔的？""嘿嘿，是我自己不小心。"坤叔嘿嘿笑着。

坤叔皮肤黝黑，一看就是个户外工作者。他叹了口气对吴阿姨说："哎！我们年轻的时候，海水虽然也是浑黄的，可我认为却是干净的，海风的味道是腥咸的，海里游泳，捕鱼抓鳗，几乎天天在海里游、海里漂，从来没有脏的感觉，抓上来的海鲜，吃起来没有顾虑。但是现在这近海的水越来越脏了，黄得发暗，海风几乎不腥了，鱼么也越来越少了，我们下海淘生活，走在滩涂上，看到一处发黑，一处发红，心情越来越不好了。"

"这倒是啊，有段时光，你都不愿意去海里了，总是讲，这海里的鱼还能吃吗？"

正说着，两位警察推门进来，问哪位是坤叔。吴阿姨连忙招呼他们，那位中年警察上前握了握坤叔的手，说："您好！多亏了您的报警电话，两辆嫌疑槽罐车都被我们在现场抓了个正着。根据司机的交代，污水来自一个化工厂，目前，这个厂的负责人已经被我们控制了。现在找您做个笔录，这是我们办案的一个程序。您这腿是怎么回事？"

"就是昨天晚上摔的啊，我就奇怪他深更半夜去海边干什么，原来又管闲事去了！"吴阿姨在一边忍不住插嘴。

"这可不是管闲事，我们身边的环境好差，事关我们每个人。"坤叔认真地说。

"是啊，坤叔说得太好了，如果我们每个人都有这个意识，今天就不用费那么大劲搞环境治理了。"中年警察边说边打开笔记本准备做笔录，"您把您看到的情况讲一遍好吗？"

"好哎！"坤叔说，"我是在十来天前，一个偶然的机会看到有车辆在海边倾倒什么东西，接着一股刺鼻的臭味飘了过来。当时我就寻思，一定是哪家黑心企业在使坏。我就过去记了一下车牌，是一辆本地车。第二天晚上也是这个时间点，我又去看了一下，没看到。第三天晚上再去，却看到了另一辆槽罐车在倾倒污水，臭味是一样的。我想摸清他们的规律之后再向你们报警，就连着去观察了几天，发现他们都是在深夜一两点钟过来倒污水，有时候隔一天，有时候隔两天。也巧，前两天我去菜市场的时候，发现这两辆车就停在那里，昨天也停在那里，深夜大约12点的时候两辆车都开走了，我就报了警。报完警我也往海边赶，月黑风高走得太急，不小心摔进了河沟。"

"摔得厉害吗？您为什么不给我们打电话？"

"我怕耽误你们工作，直到你们抓了他们，我才打了120。"坤叔憨厚地笑着，大概是刚才说到摔跤，此时伤腿的疼痛感又袭了上来，忍不住皱起了眉头。

"坤叔，感谢您的正义之举，您好好养伤，我们还会来看您的。"两位民警郑重地朝坤叔敬了礼。

民警前脚刚走，后脚记者就来了，架起了摄像机要采访坤叔。吴阿姨没工夫报怨坤叔了，忙着招呼客人。坤叔不住地摆手，说："这事没什么好说的，我只是做了一个普通老百姓应该做的事情。"

记者笑着说："对啦，坤叔，我最喜欢您这句话，您做了一个普通老百姓应该做的事。您就把为什么要去做这件事给我们讲一下好吗？"

"说什么呢？我一个大老粗，什么也不会说。"坤叔搔搔头皮，看了看摄像机，不知所措地说。

"您只要说您自己做的、自己想的就好了，一点儿都不需要修饰。"

坤叔定了定神说："我是一个农民，也可以说是一个渔民，因为我一直住在海边，所以我对水，无论是河水还是海水，都有着特别深厚的感情。我生活的这个地方，自古以来都被称为鱼米之乡，鱼和米，都离不开水。我们小时候，这里水清天蓝，真的是天堂，可是我们自己把水弄脏了。我不知道为什么有人会恣意地把毒水、污水往海里倒，海水污染了，到时我们吃什么？我们的子孙后代怎么活下去？"

"坤叔您讲得太好了，您能不能给我们讲一下是怎么受伤的，当时是怎么个情况。"

"其实昨晚我打完举报电话后，本可以回家了，但我不放心，怕警察来不及赶到，就又急匆匆赶往海边。天黑路不平，跌到小河沟里去了。我的腿伤用不了多久就会好的，但受了伤的大海呢，什么时候才能好呢？"

病房里响起了经久不息的掌声。

叔侄入党

李永刚

县纪委书记沈传友最近收到了两封匿名举报信，这两封举报信均来自他的家乡沈家湾村，被举报对象他也认识，都是沈姓族人，一个叫沈传庆，一个叫沈家俊。论辈分，两人还是叔侄关系。对来自家乡的举报信，他百感交集，心中满是惆怅和愤懑。

回到家，沈传友把这件事告诉了妻子春香。春香也是沈家湾村人，她得知后也是一声叹息，喃喃自语道："沈家湾呀，我看八成又是东西闹矛盾。你看呀，这个沈传庆是西部人，沈家俊是东部人，我感觉准是个不实举报，两派冤家又在争个什么名堂。""你说得对。我先把事情调查清楚，这次如果又是两派人相互打小报告、故意造谣，就不能轻饶了，非得把造谣惹事的人揪出来。"沈传友说完狠狠地拍了下桌子。沈传友作为村里首批走出来的大学生，现在又是村民眼中的大官，村里有个芝麻大的事都会找他，因此他对村里的情况十分了解。这次为什么发这么大的火，还得从沈家湾存在水火不容的东、西两派的斗争说起。

沈家湾村以沈姓族人居多，分居于村东和村西。相传清末时候，东、西同宗兄弟，分田地、分家产，就留下了分配不均的问题，后来又有山林、鱼塘承包等纠纷。近几年，乡村快速发展，东、西两派利益冲突更为尖锐，比如，村东因为靠近马路，交通便利，商业健全，村东人就不准村西人去那儿开店设铺；村西近山林溪涧，生态旅游资源丰富，就禁止村东人搞民宿旅游等新兴业态。东、西两派在村委会也有矛盾，经常出现相互拆台、相互推诿之事，造成工作不好开展。最近传言，建于清末的沈氏宗祠阁楼里有宝贝，沈氏东、西两派闹得更凶了，村东人说宗祠在村东属于他们，村西人说他们才是沈家正统血脉，具有传统的宗祠优先管理继承权。

很快镇纪委调查报告送到了沈传友手中，果不其然，两份举报材料都不实。沈传庆、沈家俊为什么同时被人举报？话还得从两人志愿加入中国共产党说起。沈家湾村要吸收一名预备党员，可候选人却有两名，正是这叔侄两人。论条件也只有这两人最符合要求，他们都是农村致富带头人。近年来，随着乡村振兴战略的推进，农村迫切需要能干的人留下来，带领村民致富。沈家俊离开一线城市回到农村，办起了养鸡场，带头搞起电商，销售农产品，为全村开创了致富新路子。村党委经研究，认为他符合发展党员的要求，将他列为积极分子培养。不过他被举报也是因为搞电商销售，举报信上说他收购饲料养殖的鸡蛋，冒充散养土鸡蛋营利，属于奸商，道德有瑕疵，要求村党委撤销他入党积极分子的身份。沈传庆一直在大城市做生意，挣了钱，回村开了民宿，搞起了健康养生项目，还自费为村里修路，自然被作为党员发展对象培养。他这次被举报一方面是派系内斗，有人红了眼，见不得他好，另一方面是有人说他的民宿是违章建筑，要求上级部门调查，并要求撤销其入党积极分子的身份。眼下正是发展党员的时候，哪一派多一个党员，在集体讨论的时候就多一票，两派人搞起了这样的伎俩，自然也在沈传友预料之中。

这件事的前因后果已很清楚，沈传友准备着手调查是谁在背后搞的"小动作"。妻子春香却有不同意见，她认为就算查出来是谁举报的也是治标不治本，兄弟阋墙，只有化解掉沈家湾两派长期存在的矛盾才是解决问题的关键。夫妻俩达成共识，他们同时想到了一个人，一位有着五十多年党龄的老党员，也是抗美援朝二等功臣、退伍老兵沈泽良。

沈传友不日来到沈泽良老人家里，拉了会儿家常后，便把这叔侄俩申请入党又同时被举报的事说了出来，并希望沈泽良能参加村党委讨论会，协助他处理好这件事。九十多岁的沈泽良老人德高望重，是村里最年长者。早年农村贫苦时期，因他是伤残战斗英雄，有生活补贴，日子过得相对宽裕，接济过不少沈氏族人。当得知沈传友的想法后，他欣然应允。

到了村党委开会的日子，当天天气阴霾，乌云滚滚，暴雨将至，沈传友列席了会议。

会上，东、西两派为预备党员人选争得面红耳赤，村书记叫了暂停，说沈书记有话要说。

沈传友站起身看了看大家，说道："我今天来参加会议，要说两件事。第一是大家关心的祠堂发现宝贝的事。"这个时候，参会者都瞪大双眼，既好奇又惊奇。"我们先让泽良大叔到会场来说几句。"沈传友说完带头起立鼓起了掌。沈泽良老人在村书记的搀扶下走进了村党委会议室。

沈泽良老人入座后，给大家展示了一个盒子。他说道："这个便是大家关心的宝贝。"打开后，原来是一本册子，与会者纷纷围上来看，只见册子上写着四个大字"沈氏家谱"，旁边的小字是"大清光绪三十年修"。原来宝贝是家谱呀！沈泽良老人继续说道："我小时候就听爷爷说起过，宗祠阁楼里有我们的家谱。清末民初时候，族人们生计艰难，分家产闹了很大矛盾，亲情关系逐渐冷漠，家谱也就束之高阁，无人问津了。"沈传友接上话说道："家谱被找到后，泽良大叔第一时间就打电话告诉了我。后来有传言说在沈氏宗祠发现了宝贝，有人甚至还打起了歪主意。"沈传友说完，大家开始议论起来，有的说还以为是金银财宝，有的说是文物应该好好保护。待大家说完，沈泽良老人又拿出两件东西，一件是"中国人民志愿军抗美援朝出国作战七十周年"纪念章，一件是"光荣在党五十年"纪念章。沈泽良老人缓缓地看了一圈大家，深情地说道："这是我的宝贝，也是沈氏族人的宝贝。我想告诉大家，我们凭什么打败了美帝为首的联合国军，靠的就是团结。在战场上，生死相依，永远相信身边的战友。广大群众白天工作，晚上炒面粉，有钱出钱，有物捐物，支援前线，真的是军民团结如一人。"泽良老人说着，眼含泪花，激动不已。

村书记站起来说："相信大家都明白泽良老英雄的良苦用心，我很惭愧，没有团结好村党委一班人。大家不要再相互拆台了，团结一心建设好沈家湾，今天会议议题虽然是讨论发展党员，但我觉得我们更应该讨论一下自己的良心。"沈传友说道："今天的会议，我是来列席的，村党委讨论的事情我不做评论。两位入党积极分子都是村里的致富能手，他们两个人我私下沟通好了，答应捐资修缮宗祠。县文保部门也会介入，按文保要求来修缮，打造沈氏宗祠人文景点。还有盛世修谱，借此会议，建议大家讨论一下，是否重修沈氏家谱，以赓续家族血脉传承。"大家纷纷表示同意。沈传友打趣地说："东派、西派今天难得意见一致嘛，总算没有忘记是一条根上长的枝。"

"沈书记，那第二件事呢？"有人迫不及待了。

沈传友表情一下子严肃了起来，说："我今天来要说的第二件事，就是宣布关于两位入党积极分子的举报经调查情况不实。背后造谣，搞小动作，我看又是东、西派系斗争问题。今天在这里立下一个规矩，以后谁拉帮结派，打击异己，绝不姑息，严肃处理。"接着他深情地说道："不管东还是西，都是一家人。泽良叔刚才说的话，我很感动。团结起来，东西从此一家人。东部街铺推广西部特色产品，西部发展生态养生业也能吸引更多人来购物，大家互相帮助，共同致富。我相信在村党委的带领下，我们一家人从此不分派别，会发展得越来越好……"

接下来，开始表决确定谁为预备党员发展对象。不一会儿，会议室里传出了掌声。此时窗外乌云散尽、天气放晴，阳光照进了村党委会议室，也照亮了整个沈家湾村。

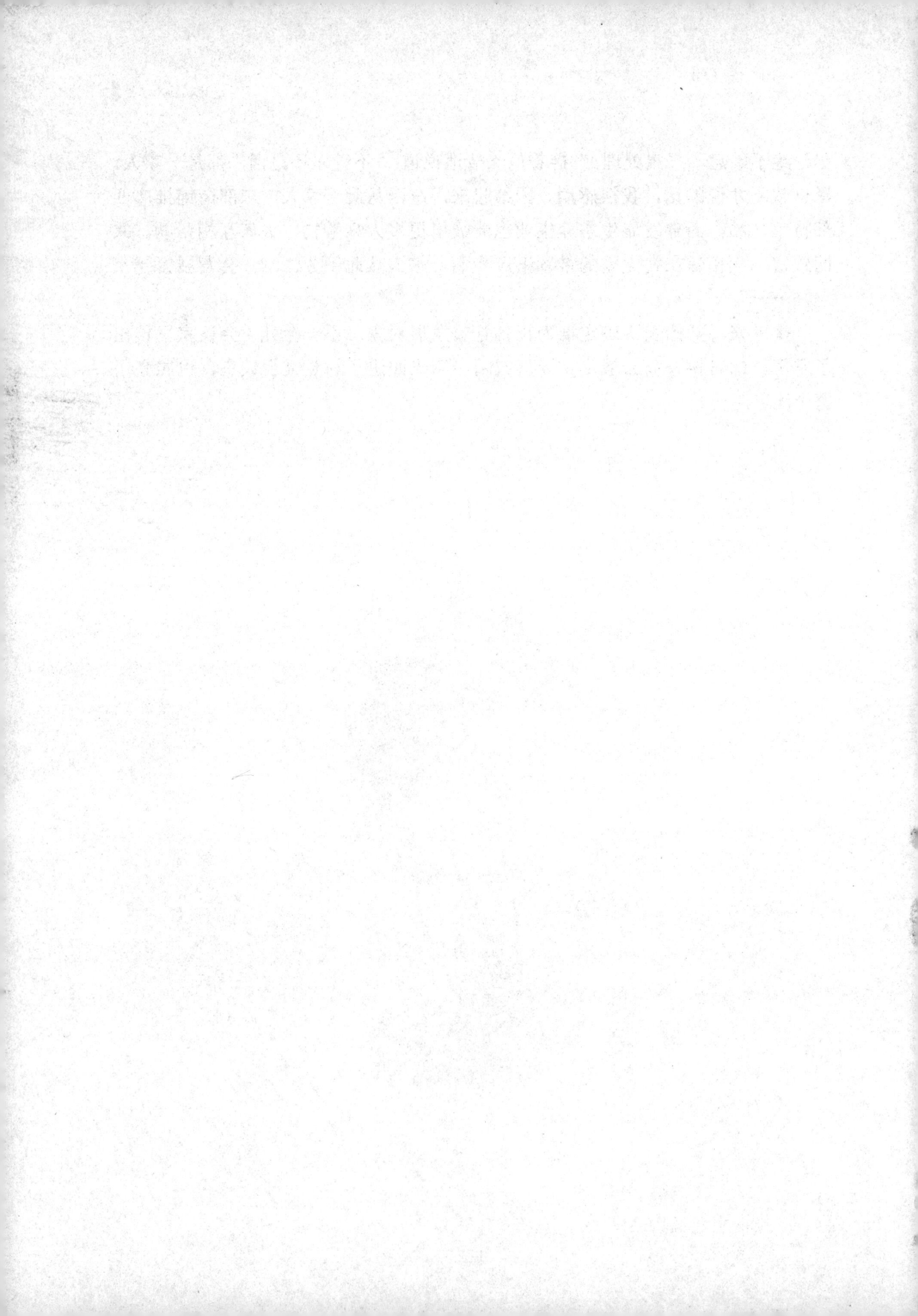